길 위에서의 질문

실천시집선 301

길 위에서의 질문

2022년 10월 31일 1판 1쇄 인쇄
2022년 11월 11일 1판 1쇄 펴냄

지은이   조연향
펴낸이   윤한룡
편집장   윤한룡
디자인   윤려하
관리·영업   이소연
홍보   고 우

펴낸곳   (주)실천문학
등록   10-1221호.(1995.10.26)
주소   남양주시 퇴계원읍 퇴계원로 52 405호
전화   02-322-2161~3
팩스   02-322-2166
홈페이지   www.silcheon.com

ISBN 978-89-392-3117-7 03810

길 위에서의 질문

조연향

실천문학사

제 1 부

제 2부

제 3 부

제 4 부

제
1
부

봄은 꽃들의 구치소이다

담장 휘어진 가지를 밝히는 봄은
낯선 곳으로 이끌려 온 듯
두리번거리며 꽃의 입구를 찾는다
봄이 꽃의 구치소라는 것을 안다는 듯
꽃들과 봄은 서로의 문을 쉽게 찾는다
아직 그 향기가 남아 있으므로
타오르는 노란 자유의 세계 앞에
딸랑딸랑 새들이 울어댄다
얼마나 아득한 생이었나
잠그고 떠나갔던 시간을 풀고
오랜 어둠의 결박을 다시 풀고
깊숙한 밤의 늪 속에서 끌고 온 길들을
부려놓는다
얼마나 까마득한 날들이었나
봄의 입구에서 두리번두리번
누가 나를 여기서 하차하라고 했지

그늘 한 자락의 앵두

빈집에서도 열매는 잘 익었습니다

태풍이 휩쓸어 가도

소나기 물방울처럼 탱탱하게 매달린 앵두

금방이라도 떨어질 듯, 아직 속을 달구고 있습니다

다 떨어져야

그 가지 새 꽃 피고 열매 맺는다니

이번 생의 애물, 기어이 따 버리자고

한 움큼씩 훑어도 손안에는 겨우 몇 알

나머지는 땅바닥에 떨어지고 맙니다

정신없이 빨간빛에 홀려서

휘늘어진 가지 속으로 깊숙이 들어가면

바람도 고요히 떨어져 누운 앵두

그늘 한 자락이

꽃 피우듯 서늘하게 덮어 주고 있습니다

어쩌다 달빛

달에 가면
저 달은 없고 그 달이 떠 있을 거라는 우주인의 전언처럼
달빛은 내 심장의 그림자를 훔쳐 간다

너에게 가면 네가 없다는 생각이 늦은 밤
갔던 길을 다시는 가지 않겠다 다짐을 한다

마음 밖에 수많은 달이 떠 있어도 내가 불러들인 달은
오직 내 옆에서 기척 없이 흘러내린다

회나무에 걸려 있는 달
구름에 어른거리다가도 내가 물러서면 사라지는 달
돌아서면 앙상한 나뭇가지에 숨어버리는 달

나뭇가지 흔들어 우수수 빛을 받아보겠다
늦은 꽃잎 속에서 부서져 내린 달의 언어를 꺼내 보겠다
언제 적 생이었을까 수천수만 번 되돌아 왔던 그 길을 또 간다

여우비 서설序說

쥐불처럼 태양이 서쪽에서 맴돌고 있었다

천둥 번개가 하늘 속을 가늘게 울리며 지나가는데

흰여우는 번갯불을 삼켰을까

구름을 구워 먹었을까

후두둑 떨어지는 빗방울 속에서

타다가 남은 소나무 잿불 냄새

검은 털북숭이 송이버섯 탄 냄새가 흩어졌다

산수국 머리에 발자국 놓고 증발하는 여우비

빗방울에서 비릿한 물고기 비늘 냄새가 흘렀다

사각사각 새들의 숨소리가 들렸다

허공이 새고 있었다

잠긴 길들을 뒤돌아 세울 때

수초덤불에 비 맞은 새들 숨어서 지저귄다 푸른 버드나무
아래 억새가 가늘게 흔들리면
  며칠 전 휩쓸고 간 큰물이 다시 떠 올랐다

  구름과 빗방울의 방향을 이끌고 물길의 거친 숨결을 부
드럽게 다스릴 줄 모른다면 아무도 바람을 바람이라 부르지
않았을 것

  강의 깊이라든가 혹은 강의 오래됨을 일깨워주지 않는다
면 큰물을 홍수라고만 불렀을 것이다

  잠긴 버드나무 가지들을 채찍질하고 잠긴 길들을 뒤돌아
일으켜 세우던 큰물

바싹 가슴 태우던 간밤의 기우杞憂는 다 떠내려 갔다

달의 허파

달의 허파는 꽃보다 작고 꽃보다 투명하다 손바닥으로 움
켜쥐면 빛은
부풀지도 따스해지지도 않는다

달빛을 받아 숨결을 불어넣을 때 환한 느낌 손가락 사이
를 빠져나가고
더듬이 세운 바람 저 건너 옛 물터까지 나를 데리고 간다

큰 물새 울음소리는 어릴 적 호롱불 꺼진 캄캄한 솜이불
속에서 듣던 소리
그 지점에 가까워진 것 같기도 하고 더 멀어진 것도 같다

모래 위에서 사막을 찾듯이 달빛 아래 달빛을 찾아다녔다
물속에 잠긴 달을 보려고
수몰 댐 주변을 헤매던 지난밤은 무모했었지

빛 속에 빛은 더 이상 밝게 빛나지 않고

달 속의 달은 자라지 않아 꽃 살점 지듯 티 없이 저물어가
는 밤하늘

선잠 깨어 올려다보았을 때
호수에서 몸 씻었는지 흰 구름으로 물기를 닦아내고 있는
보름달

까마귀들의 산책

숲 우듬지에서 까마귀 떼 지어 운다 이 저녁 미세한 먼지
를 다 빨아들인 빗방울 흩어져 내리고

둥근 원을 그리는 검푸른 날개 무리, 어둠 속에 무슨 표적
을 찾고 있나 까마귀 울음을 받아 줄 숲은 어디쯤일까

조금씩 더 굵게 빗방울이 부서져 내리기 시작했다 천천히
갈라지고 찢어지는 구름의 자락, 신께 엎드리듯 날개를 쫙
펴고 저녁 하늘 멈춰 있다

알 수 없는 세계와 내통이라도 하듯 무슨 말이라도 전해
줄 듯 하늘은 검은 무리를 이끌고 서쪽으로 기울어져 간다

낙타 몰이꾼과 시인 낙타

몰이꾼이 사막을 몰고 간다
내 어설픈 앉음새를 이끌고 흘러내리는 모래산을 올라간다

피아니스트를 태우고 통통 피아노처럼 모래를 두드리고 갔
거나

보부상을 싣고 지나갔을 비단길
수많은 오색 낙타 줄 세워 해 질 무렵 모래언덕을 내려온다

내가 탄 낙타는
참 시인이 못 되는 나를 태우고 자꾸 비틀거린다
발목을 꺾는 울음소리에 내 가슴 속 모래결이 흐느끼고

몰이꾼이 낙타를 몰고 가는지 낙타에 매달려가는지
검은 얼굴에 흰 이를 드러내며 구름이 웃는지 바람이 우는지

시인 낙타와 낙타 몰이꾼 그 이름을 벗고 홀로 사막을 거닐

어 본 적 없다

　꿈결처럼 낮달 우러르며 유유히 넘어갔었던 모래산

일식의 경계

구름 한 장 너머 어디쯤서 생각 없는 찬바람이 불어오는
걸까
보이지 않는 것을 보려는 것이 우리 필생의 업이지
늑대가 베어먹다 남긴 비스킷

당신의 진실은 부서지지 않고 그림자에 가려져 있을 터
산등성이 집들이 거북처럼 엎드려 있다
서로 가까이 두고도 얼마나 추위에 떨고 있었나

창문 흔드는 바람 소리에 마음을 엎드렸나
영겁 속 내 몸 이리 통증으로 어두워지는지
빛과 그림자 둘이 아니라는 걸 지구 어느 부위에 문신을
새기는 걸까

하늘에서 땅까지 빛이 닫혀도
서로를 포갠 채 서로의 운명 갉아 먹어도
나는 당신과 절연 할 수가 없다

달의 채소밭에는 포도가 흑점을 놓으며 쓸쓸히 익어가리라

무엇을 더 보려는가

눈앞의 세계 사라지지 않고 그림자를 드리웠을 뿐이다

나, 새끼거북처럼 등껍질 속에서 담장 밖의 세계를 향해

목을 뺀다

대기는 구름이 바탕

사라진 여우는
별빛을 받으면서 허기를 달래고 있다고 빗방울이 전해 준다

내 몸속의 모든 장기는 달빛에 흐물거리고 머리카락은 물
결처럼 흘러내리네
보이는 것 모두 환상이고 착각이라고 발길 축축하네

대기는 분명 구름이 바탕이다

구름이 비를 불러오듯
지상 가까이 내려오면 여우비 한 방울 잠깐 피어날 뿐

새들의 깃털 한쪽은 흰색 한쪽은 검은 활자
꽃순 틔우는 수국이라 해도 비 뿌리는 저녁에는 어떤 밀어
도 들리지 않아

뿌리는 흙 속에 잠들고 꽃숭어리 빗소리에 젖는다 구름에

살짝 가린 하늘 아래

　잎사귀들 수천 번 환생했을 여우 이야기에 귀 기울인다

사소한 황금잎

사람 뒤에 바람, 바람 앞에 사람
눈꽃 날리는 것도, 해 지는 시간도 잊은 채 줄 서 있는 그
림자

어린 날 새끼줄 기차놀이 하는 것 같다
천천히 보이지 않는 속도로 식은 낮달처럼 멈추지 못하고
이끌리면서

두꺼운 외투 속에 숨어 있는 아라비아 숫자를 꺼내야지
아라비안나이트의 요술 램프 천 하룻밤을 등지고 햇살이
한 뼘씩 식어가고

줄이 조금씩 줄어들 때마다 수락산이 어두워져 간다
꿈틀거리는 행렬 중 한 사람이 슬쩍 다른 줄로 옮겨 갔을까

나무는 로또에 당첨되면 이 지상에 황금잎을 마구 떨구어
줄 거야

사장처럼 회전의자에 앉아서 떡갈 머리를 빗을 거야

가로수 뒤의 사람, 사람 뒤에 가로수

새들이 비밀의 숫자를 발설하듯 지지배배 울어도 체념과

절망의 티켓을

사려고 또 누군가 맨 끝줄에 선다

소나기를 따라갔다

붉은 소나기를 따라갔다
뭉쳐진 구름이 흘러내리고 빗방울 세차게 앞을 가린다

세상의 모든 길은 희거나 검어서 낯설지 않으면 권태롭다고
세찬 비바람이 나를 밀어줄지라도

하나의 길은 버려야 할 때, 갈림길에서 풀려나야 할 때
직선이거나 둥글게 내 속으로 빠져나간 뒷길은 빗물에 잠
겨서 멀어져 갔다

저 비탈 어딘가 태풍의 회오리가 앞을 가로막아도
흰 꽃 무더기 눈부시게 멀어져 가도 나는 이쪽 길을 갔다
버릴 수 없는 내 생각의 빗줄기

가지 않은 길에는 구름이 걷히고 상수리가 푸른 물방울 털
어 낼 무렵
내가 나로부터 잠시 이탈했을까

저 검은 먹장구름 하늘 끝 맑은 공터 한 뼘 청백색으로 여울지고 있다

굵은 소나기가 따라 왔다

산책의 끝

산책 끝에는 쓰레기처리장이 숨 몰아쉬고 있다

담쟁이 넝쿨로 가려진 벽과 지붕 속에 아직도 째깍거리는
시계가 새처럼 울고 있을 것 같다

욕망의 찌꺼기들 푹푹 썩어가면서도 숨을 펄떡인다

냄새의 영혼은 검은 옷자락을 끌며 한밤 높은 지붕을 빠
져나가고

버려질 수 없는 기억이 꾸역꾸역 다시 제집으로 되돌아가
는 시간

적체된 악취는 어찌 사라지겠는가 자꾸만 따라오는 뚱뚱
한 길고양이, 버려진 것들의 영혼을 어떻게 달래야 하나

온전히 깨진 거울 속 얼굴과 부서진 약속들이 다 버려지
기까지

구출될 수 없는 내 산책길

토가족 여행법

식은 해가 떠 가는 산마을
녹슨 창살 틈에서 간신히 튕겨져 나온 듯
허름한 비단을 걸친 소수민들
뭉게뭉게 여행객들이 몰려오고 있을 때
저 거리를 좀 봐
잿빛이 교차하는 아침저녁
울음 깃든 토산품을 팔고 있네

온종일 눈 까맣게 헤매는 종족의 습성으로
곰을 만나면 곰의 시늉을
여우를 만나면 여우 흉내를
내다 팔고 싶은 것이 어디 웅담뿐이랴

나도 이제껏 누구에게 호객행위를 하고 있었던 것은 아닐까
여벌의 시詩를 팔아 무엇을 얻고 싶었던 걸까

칡넝쿨 얽힌 담 너머

후줄근하게 펄럭이는 옷 속으로 해지는 것을 바라본다

누란의 모래밭을 거슬러 내 몸에 흐르는 저 피의 원류

검은 새들 울어대는 흉노족의 거리에서

해그름을 스치며

더 먼 해그림자를 향해 떠나는 길 잠시 잊었네

서울 낙타

백양나무 사이 보일 듯한 당신들 무사하다는 전같은 아직 도착하지 않았습니다

어떤 슬픈 예언이나 더 아파야 한다는 점성술사 같은 저 달무리의 예고, 누구는 보았고 누구는 듣지 못했습니다 그대를 향한 사랑이나 희망도 기진한 잡담일 뿐,

반달 속에 남아 있는 반달을 믿으며 오늘 저녁도 공복의 사막에서 잠시 눈을 붙입니다

제
2
부

초원의 빛 1

물 위에서 앞자리 바꾸며 날으는 새떼들

초승달을 이끌어 가네

산등성이는 지구 끝에서 둥글고 들녘 밖에는 수많은 별똥
별이 떨어져

내 숨소리 거칠다

절벽 아래 흰 구름으로 떠 오르는 초원의 빛들

한 줄기 바람 불어와 내 그림자 풀꽃 속에 숨는다

빈대의 일기

오빠 일기장 훔쳐보다가 실컷 채이고

훌쩍이며 퍼 올리던 숟가락에 콧물 눈물 범벅지던 저녁

먹어도 먹어도 달빛 아래 누렇게 퍼진 콩죽은 줄지 않고

읽어도 읽어도 갈증 나던 열두 살 비밀스러운 행간

푸른 심장 팔딱이며 불면의 참새들 찍찍거렸다

눈앞에 자꾸만 스멀스멀 기어가는 짝사랑의 흘림체

그때부터였던가 나는 말을 잊고

빈대가 기어다니던 골방으로 숨어들기만 했었다

내 붉은 살점 물어뜯고 달아나던 빈대들의 고약한 냄새처럼

훔친 문장들의 상처가

몸 여기저기 진홍색 꽃멍울로 피어나기 시작했다

자작나무의 질문

흔들리는 바람을 보았다

나뭇잎들이 팔랑이는 바람 물결

사각사각 공기를 뒤집는 소리의 낙처落處는 어디인가

여기 없는 당신 가슴의 빈 곳인가

어떻게 하면 들리지 않는 저 소리를 연서처럼 받아 적을

수 있나

같이 숨을 섞어 일체가 될 수는 없나

희고 눈부신 나무껍질은

쉽게 부서질 사랑에 마음 주지 않는다

그 속에는 수많은 두근거림 켜켜이 긴 잠을 자거나

꿈꾸고 있을 것 같다

아스라이 초록 잎 받들어 무성하게 빚은 생의 꼭대기

자작은 스스로 풀지 못하는 무슨 질문이 있어

희미한 조각달을 향해 끝없이 치솟고 있을까

청결한 흰 비늘 나무를 껴안고 올려다보면

난쟁이처럼 내 무릎은 땅 아래로 흘러내린다

홀연히 피었다

쌍봉 위에 꽃 한 송이 피어서

낙타 몰이꾼 눈동자에 검은 눈물이 맺혀서

지나는 모래집 문살을 적시네

내가 저렇게 고산 지대 홀연히 피어난 풀꽃이라도

당신은 마른하늘 낙뢰처럼 떨어진 빛의 흔적일까

사막에서 비 내리고 사막에서 꽃이 피고

사막에서도 물결 출렁이게 하는 바람길 있어

낙타 풀꽃이라는 꽃으로 지표 삼아 오늘이라는 길을 지나네

사소한 질문과 쓸쓸한 대답들

언제였던가

달 착륙에서 돌아온 우주인 세 명이 영국 왕실로 초대되었다

한때 비행기 조종사였던 필립공이 우주인에게 물었다

오! 어땠어요? 그 기분, 달나라에 발 내디뎠을 때 기분이 어땠나요 온 우주를 다 가진 듯 황홀하지 않았나요?

하늘 저 멀리 초록의 지구별, 두고 온 연인처럼 눈에 확 들어왔지만 달의 아름다움은 느낄 여유가 없었어요

삼천대천세계三千大千世界 가사량부可思量不 그 어디쯤 지구로 다시 돌아오는 일

촌각을 다투며 쫓기듯 임무를 수행해야 했던 아찔한 기억만이 남아 있을까

그리고 우주인은 필립공에게 되레 물었다 은하의 천체마냥 높은 천장을 가리키며

이렇게 어마어마한 왕실에 사는 느낌은 어떤건가요?

하얀 낮달을 향해 천공을 높이 솟구치고 싶었던 우주인보다 더 우주인 같은 필립공 역시 대답했다

직분에 맞는 행위가 무엇인가 하루하루 왕실의 삶을 영위하는 감정이란
내 존재 빛에 가려진 달의 뒷면같이 늘 황량할 뿐이라오

황홀한 질문에 대한 쓸쓸한 대답들 멀리서 보면 희극이고 가까이 보면 비극처럼
우주적 감정으로 달은 창백하게 그 자리 그대로 떠 있을 뿐

내부순환도로

전광판에 새겨진 월곡月谷 14분
일탈의 방향으로 달리고 싶다면 잘못 든 길

회색 바람이 회오리치는 지척의 어둠 속에서
적막한 달의 계곡을 상상해 본다

나의 내부를 돌아 다시 나의 내부에 도착하는 길
어디쯤일까 지금

달은 미련 없이 지고 있을까 후회 없이 뜨고 있을까
뜨거나 지는 것이 아니라 밤의 심장주위를 맴도는 일

내 가슴속에서 뜨는 달이 네 눈에서 지고 있을까

머리끝에서 발끝까지 상상의 달빛 흘러내리고
다시 돌아 나올 수 없는 14분의 내부

인공섬 혼례식

인공섬은 출렁이며 기울어진 지구의 축을 가다듬고 있었
던가
물새들 런웨이 걸어 나올 때

신랑 신부 보석을 나누며 혼인 서약을 읽고
하객들은 태연하게 고기를 썰고 있었지

혼례식은 왜 최후의 만찬처럼 그리 아름답고 슬펐을까
어떤 순간에도 지켜내야 할 저 꽃다발의 순연한 본색

새벽까지 들여다봤던 유튜브 영상처럼, 그 만약의 시나리
오
거대한 쓰나미 지구 대재앙에도

영원히 유효해야 할 저 사랑의 약속
아무런 의심 없이 꽃잎들 팔랑이며 떨어져 내리는데

떨리고 떨리는 위태롭고 위태로운 것이 사랑의 계보였던가

인공섬은 풍선처럼 출렁거리고 새들이 젖은 울음으로 물결치는 혼인서약

환희의 교향악이 쩌릿하게 온몸을 지나갈 때

내 위험한 감정이 섬에 잠긴 채 흔들리고 있었다

나비 시인

무당벌레 집게벌레 쇠똥구리 사슴벌레 그중에도 무당벌레
가 제일 이뻤다 물방울 이슬을 밟고 날마다 무당벌레는 풀잎
에 얼굴을 비비면서
꽃의 점사를 풀어내겠지 그런 무당벌레

흰배추나방이 나를 비웃을 때마다 내 벌레의 잔등을 내가
쓰다듬었다 옷깃을 다시 여미고 뒤로 한 발짝 물러서곤 했
다 벗어버릴 수 없는
벌레의 습성 내 굴욕의 몸에서 날개가 생길 것은
요원하다 벌레를 벗어나기 위해 온몸에
붕대를 칭칭 감고 캄캄한 밤 수술을 결행했던
적이 있었지만 나는 여전히 애벌레

그레고르 잠자처럼 내가 벌레라는 것을 그날 저녁 만찬에
서 만난
나비 시인으로 부터 알게 되었다 넌 아직 벌레잖아
날개를 달고 날아올라 봐 나처럼 나비처럼

내 속에 여섯 살 아이는 겨울에도 벌레를 잡으러 숲으로
　　간다 벌레의 이름과 울음소리를 받아 적는다

　　사슴벌레는 사슴을 꿈꾸고 무당벌레는 무당짓을 꿈꿀까
집게벌레는
　　집게 도사였다지 백양나무 뿌리 냄새를 맡으며 날마다
　　저녁 공기를 덮고 엎드려 있던 애벌레가 오늘 밤
　　제 껍질을 들러 쓰고 수천 마리 나비를 품어 깊은 꿈에 들
었다

산더덕 냄새

나, 산더덕 냄새야 하얀 손 흔들지 않아도
산더덕 냄새는 산더덕 냄새
저쪽 냉골 벽에 바짝 붙어 앉아
할머니 더덕을 까고 있는 것 보고야 그 냄새가
깊고 희다는 것을 알겠네
시간의 껍질을 벗기고 있네 가을바람이
건조한 폐부를 파고드네
지하철 계단을 돌고 돌아 무심한 발길들이
더덕의 한 생을 밟고 가네
흰 몸을 키우던 골짜기
달빛이 훅 몰아치는 싸아한 냄새의 정체
보이지 않는 날개가 있어
내 검은 껍질 벗어 버리고 싶어지도록 만 리 밖까지

호수라는 이름의 암캐

호수 젖꼭지 오디처럼 눈물 맺혀 있었다
바들바들 떨어대는 암캐 목줄을 누가 끌어당기나

호수야 호수야

목줄을 당겼다가 놓으며 할머니 한숨을 쉬는데
호수 눈망울 속으로 흰 벚꽃이 진다

먹지도 짖지도 않아~ 지 새끼들 먼 곳으로 입양한 그때
부터야!
젖이 휴지처럼 빠짝 말라비틀어졌는데 문 쪽으로 쳐다보
고 매일 끙끙대기만 하지~

비틀거리며 꼼짝 않는 암캐와 움직이지 않는 할머니 목줄

어떤 운명도 이 광경을 수습할 수 없네

저 몸을 거쳐 간 수캐는 어느 산기슭 봄비를 맞으며

비린 거품 참꽃 덤불 속으로 코를 들이대고 있을까

타인은 지옥이라는 공유해야 할 짐승의 감정

이별 따위는 잊자고 속울음 짓으며 서로를 끌어당기는데

외로움과 상처의 승자는 누구일까

당겨도 당겨도 기울지 않는 팽팽한 서로의 목줄

석류꽃

문득 지나치다 들여다본 적 있다

낯선 골목 끝 무슨 꽃이 아이처럼 석유 심지 불을 켜 들었
을까

옛집 뒤울안에 피어 있던 그 꽃인 줄, 아직도 그 울보 아
이인 줄

아버지 툇마루 서성거리며 구름 낀 하늘 망을 보시는가

뒤 솔밭에는 밤마다 쩌렁쩌렁

소나무에 애벌레를 실신시키던 태풍 소식이 전해 올 즈음

핏빛으로 담장을 뒤덮곤 했었지 붉고 푸른 마을의 전설

제대로 숨 쉬지 못했던 그런 꽃 시절이 있었다지

나 지금 그 나무에 숨은 이야기 들리는 뒤울안인 줄

오래오래 낯선 골목 끝에서 피어나는 꿈속의 꽃송이인 줄

비밀의 완장이 아직도 내 기억을 미행하는지 골목을 지키
는지

자백하듯

제 속의 꽃을 토해내는지 어둠이 꽃빛이다

밤하늘은 그믐

은하가 모래 속에서 분열하고 있는 사이
나는 검게 빛나는 하늘 끝에 닿았다

횡단 열차로 달려온 이틀 밤낮
비로소 머리 위 하얗게 빛이 내리고

빛은 빛의 속도로 암흑을 건너뛰어
또 다른 암흑에 닿으려 죽을힘 다해 숨을 몰아쉬곤 했다

들짐승이 우는 걸까 바람 짖는 소리 들린다
지구가 별꽃을 주우려고 기우뚱거린다

캄캄한 밤이 자꾸 깜박이는 것은
누가 죽어 천국과 지옥문 단추가 절로 여닫히는 신호

바이칼호의 알혼섬에서

풀벌레 소리에 걸려 넘어졌네

바이칼 푸른 혼령의 휘파람 소리, 여기 험난한 길이라는

그 예보를 알아들을 수 있었던들

나는 넘어지지 않았을 거야

따로 노는 몸과 마음의 늪에서 허우적거리는

한 마리 사마귀처럼

자신을 팽개치는 이 마음 누가 꾸짖을 줄 수 없나

햇살이 불편한 혈거인처럼

피멍을 머금고 쓸쓸하게 버둥거리는데

엉겅퀴 꽃이 뾰족하게 웃는다

은신처를 찾아보았으나

능선 어디에도 나를 숨길 구석이 없다

오소리들이 들락거리는 저 보랏빛 구멍에

이 만신창이를 구겨 넣고 싶었다

멀리 하늘이 가물거리고

입을 벌리고 짖어대는 하얀 구름에 섞여

가을벌레 울음소리 바람목에서 흩어져 간다

상처투성이 혈거인을 두고

멀리멀리 태양을 따라가는 알혼섬

세르게

휘날리는 영혼을 보았다

팔도 없이 파도 바람에 쓸리는 그림자, 온몸에 휘감겨 있는 색색의 내장들이 그것이라면

누가 저 세르게* 가슴이 없다고 말할 수 있는가

생각이 없다 하겠는가

내가 그 옆에 기대선다 교대하고 싶은 혼이여, 없는 혼이여

저처럼 있으면서 없어져 보라

누더기를 걸치고 없는 팔로 추는 춤

겹겹이 묶여 있던 나의 카르마여 둥둥 검은 심장이여

비로소 껍데기를 풀고 연기처럼 사라진다면 누가 내 앞에 와서 두 손을 모을지도,

---

* 몽골지역의 샤먼 장승

54

빈 가슴으로 살아있는 세르게

새알처럼 뜨끈하고, 팔딱거리는 오색의 내장들은 누구의
것인가

주인에게 되돌려 줄 것인가

우르르 숨어서 울던 새떼들을 푸른 하늘로 날려 보낼 듯
춤을 춘다

타클라마칸의 추억

모래폭풍이 내 모자를 벗겨 갔어요 날아간 흰 모자는 오래전 부장된 새의 영혼, 그 별에 다시 가야 한다고 가장 높은 모래산을 꼭 넘어야 한다는 잠꼬대는 병마처럼 깊어 갔어요 타클라마칸 수미산을 더듬어도 잠시 머물렀던 곳은 신화 속 무분별지無分別智입니까 지구 언덕에 흰 깃발을 꽂고 돌아온 외계인처럼 나는 가끔 추억하지요 너무 많은 사람들이 깃발을 꽂느라 모래산이 해빙처럼 무너져 내리고 있어요 급기야 잠시 머물렀던 우주선은 나를 떨군 채 외계로 돌아갔다고 누군가 믿을 수 없는 소식을 전해주었습니다

제
3
부

반달 터널

늦게 핀 꽃들이 찬 바람에 더 붉거나 하얗게 빛을 흘린다

오래전 달이 어린 머리 위를 돌고 돌아서 여기까지 따라
왔을까

캄캄해져야 나를 이끄는 운명처럼

모퉁이 돌아서자

반달이 터널처럼 환하게 열려 있다

바람 불어도 흔들리지 않는 허공

저 터널 바깥으로 설핏 검은 그림자 빠져나가는 듯했다

세상의 이야기책을 훌쩍 뛰어넘듯이 잠시 출렁이는 달무리

국경을 지나며

해가 지지 않아도 어둠이 내리기 시작했다

숲을 적시며 하류까지 떠내려오는 저녁의 호수

완장을 찬 여승무원들 일제히 창문 커튼을 내릴 때

열차는 접경 지역에서 멈칫거린다

기어코 새어드는 노을빛

바퀴는 여전히 교전 지역을 지나고 있다

조금 후 경계가 없는 초원에 닿을 수 있을까

망명의 꿈이 이루어질까

국경과 국경 사이

마약밀매 신호처럼 독수리 떼 웅성거리며 날아오르고

강기슭 부딪치며 탈주 소식을 교신하는 새떼들

우리는 결코 포로가 아니다

눅눅한 책갈피처럼 날개를 푸덕거려 본다

횡단 열차 꼬리에서 뜨겁게 숨 쉬는 행성들이여

우리는 떠나는 것이 아니라

영원히 떠도는 것이다

해가 지면서 달이 붉어지기 시작했다

초원의 빛 2

별들이 천막을 치고 난롯불 피워 놓았네

장작은 장미꽃처럼 불타오르다가 쉬이 사그라지고 말아

게눈 감추듯 피 냄새를 감추며 짐승의 살점을 뜯을 때

마소들의 울음소리가

소리 없이 검은 산등성이를 넘고 있었네

이 세상에 허기보다 진한 것은

피도 아니고 그 무엇도 없어라

오늘 저녁 만찬에는 또 얼마나 뜻 모르는 희생양

내가 살고 네가 죽으니

어느 비탈진 후생, 또 우리 젖은 눈망울로 다시 만나서

너를 살리려 내 피를 뿌릴 것이니

문득 선법의 한 가르침 떠 오르네

생명이란 실체가 없어

살점을 태우는 저 장작불의 연기처럼

연기에 있다고 하였으니

다만, 지금 여기 깜박거리는 별빛뿐

밤하늘이 캄캄한 게르 지붕을 덮네

기도가 없는 날

예배 소리가 들리지 않는 교회를 지날 때 더 평화롭다
오늘은 기도가 없는 날
랍비들이 꽃나무를 돌보고 있다
흰 수국이 흙손에 몸을 맡기는 풍경
한 번도 신의 목소리를 알아들은 적 없어도
사할 죄가 없을 것 같은 흰 꽃송이
조용히 골목을 물들인다
유대 교회 대리석 담장과 첨탑 지붕 아래 꽃들을 바라보면
꽃들에게도 왜 전쟁이 없었겠는가
왜 핍박이 없었겠는가
더 이상 평화롭지 않고 평화로운 혼돈의 세계
문득, 내 땅에 돌아가 꽃나무를 가꾸고 싶다
피어난 곳에서 참수하고 싶은 꽃잎
흙구덩이를 파거나 삽질을 하는 일도 평화를 가꾸는 일
예배 소리가 들리지 않아도
꽃들의 그림자 신의 목소리로 피어난다
꼬리 긴 개를 끌고 여러 인종이 지나고

꽃대를 일으켜 세울 때 간신히 오늘이 깨어날 것 같다

랍비들이 엎드려 꽃의 율법을 듣고 있을 때

목동

한 마리 양은 한 채의 집

흰 지붕처럼 양 떼들 산자락에 흩어져 있다

어혈처럼 피었다 지는 꽃이며 양을 몰고 가는 어린 소년

이며

목덜미에는 은방울이 흔들린다

출렁출렁 초원의 궤도를 벗어나는 뜀박질

여기쯤 무릎 꿇지 않아도 낮달 눈동자 초록의 땅을 품고

있네

풀물 길은 끝없이 멀어도 그 풀 맛은 언제나 혀끝에서 쉬

이 녹는 것

죽기 아니면 살아서

마소들의 혈통으로 이어가는 산자락의 끈질긴 가계여

목동은 늦게 양젖을 짜다가 늦게야 게르에 들었을까

비밀스러운 통로를 따라 밤하늘 별자리로 떠돌고 있을까

나는 주인 없는 산 지붕에서 배부른 울음을 울었다

사랑의 내력

산사의 흰 개 소리 없이 꼬리를 흔들고 있습니다

눈망울은 계곡처럼 깊고도 깊어

언제나 묵언 기도 중

짖는 것은 한 번도 본 적이 없습니다

사랑의 내력을 모르시나요 사랑의 법력이 얼마나 신통한

지 아시나요

산 하나를 금방 넘어 어제저녁 공양은 용주사 처가에서

대접받고 왔다지요

동쪽 절에서 며칠, 서쪽 절에서 며칠

몇 해 전 입적하신 큰 스님 행적 그대로

나리꽃 해당화 필 때쯤 흰돌이 염문도 꽃 전설이지요

그가 그렇게 사랑에 빠져서 고요했던 것을

눈치채고 잠 못 드는 나뭇잎들 뒤척이는 소리

계곡물 철철 아래 강까지 숨차게 흘러내려 갑니다

사과나무 온천

어디서 물결 우는 소리가 들린다 반쯤 잠겨 흐르는 저 늙은 몸

사라호 태풍이었던가 사과나무 사이로 떠내려가던 과수원 고모처럼
한 사람 들어올 때마다 노파는 가볍게 넘실거린다

제대로 핀 적 없이 가랑이 사이에서 떨어져 내리는 사과꽃잎
배가 등에 맞붙어 내장이 없는 듯 갈비뼈들이 환하고

쭈글쭈글한 다리에 거머리처럼 흘러내리는 실핏줄, 두 손으로 겨우 가리는 세상의 늙은 이모와 고모
긴 머리카락 풀어헤친 채 몸 관쓸으로 서 있다가 허우적허우적 물방울을 껴안을 때,

어디서 고양이 숨소리가 새어 나온다

상처의 무늬가 수면 위로 둥글게 퍼져나가고

저리도 불편한 몸이 한때는 행복한 적이 있었던가 그리고
오래오래 불행했었던가

손을 잡는다는 것

흔들리는 전철에서
어린 아들이 엄마 손 잡으려고 뒤뚱거린다 물오리처럼
간혹 엄마를 올려다보면서 젖은 눈동자 서로 눈 맞추기도
하면서
살짝 놓쳤던 손 다시 잡으려 안타까이
멀어질 듯 말 듯

너는 엄마 손처럼 세상에 따스한 손만 잡을 수 있을까
어떤 손 잡을 수 있을까
손을 잡는다는 것은
제 피의 따스함을 다시 확인하는 것
꽃잎과 꽃잎이 포개질 듯
서로의 심장이 맞닿을 듯
어디서 누구의 손을 잡을 수 있을까
가끔 뿌리치기도 하고 때로 거친 손을 잡아야 할 거야
하얀 손바닥 비비며 나이를 먹어야 한다고 아무도 가르쳐
주지 않을 거야

서로 살갗이라도 부딪힐까 몸을 움츠리고 가는 길손들

잡지 못한 손 하나씩 깊숙이 감추고

잡아야 할 손이 없어도 멀고 먼 길을 가야 하는 거야

온천 풍경
  - 사랑

감싸듯 돌아앉아서

다 자라난 딸의 몸을 씻어주는 여자가 있다

제 속의 핏덩이를 씻어 내린다

어찌 저 몸이

또 하나의 서글픈 운명의 형식을 만들었을까

둥근 유방과 하얀 엉덩이를 빚은

뜨겁고도 철모르던 시절의 사랑이여

그 뜨거움은 유산되지 않고 끝없이 유전되는 것

아련한 옛날의 우물가에서

너 또한 하얗게 피워올려야 할 찔레꽃을

어디에 숨기고 있는가

몸속에 길이 있고 꽃밭이 있지

몇 번이었던가

그 길 위에서의 캄캄한 그리움 따위는

물려주지 않으리라

과일을 씻어 물길을 헹구는 손길이 마냥 쓸쓸하다

찬바람이 스쳐 간 메발톱마냥
저 어미의 손길은 쓸쓸하다

따뜻한 물길이 싸늘하게 식을 때까지
딸아이는 손가락 끝으로 물방울을 튕긴다
피어나는 새끼의 어여쁜 젖멍울과
제 속의 쓸쓸함이 한 줄기 블랙홀 속으로
너울너울 흘러가는 저 물소리

염소와 나

여섯 살 읍내장에서의 첫 경적은 오르간 소리처럼이나 아
련했었는데
첫 휘발유 냄새는 까칠한 도시 소년의 모습처럼 몽롱했었
는데

이 밤 경적 소리에 별빛이 소스라치나

까만 뿔 세우고 끌려 나온 한 마리 염소 같은 나를

쫓는 것도 아니고 덮치는 것도 아닌데
발끝 움츠리며 실려 가는 밤길이 안개에 잠겨 울먹거린다

왜 지금까지 쫓기고 있느냐고 누가 뒤에서 후리고 있느냐고
뿔을 쓰다듬어 주는 이 누굴까

뒤차가 경적을 울릴 때마다 길마저 소스라친다

나를 떨군 채 도망가는 건지 내 속에서 나를 찾아 헤매는
건지

　늦은 밤거리 염소 한 마리 쫓기고 있다

꽃의 무기
　－우루무치역에서

검색대를 나오며
내 몸을 털어 그 어떤 무기가 나오지 않기를,

칼과 방패가 나오지 않기를
눈동자 노란 위구르 소수민에 섞여 가슴을 쓸어내렸다

여행길이 어찌 피난길이랴 개미들처럼 누구든 저 검은 행
렬에 줄을 서야지
　조금 전 플랫폼에서 질러대던 인민들의 비명과 아우성이여

심야 열차는 힘겨운 별빛처럼 모래벌판에 겨우 깜박거리
고 있는 중

비바람이 통제되는 하얀 세상일지라도 해와 달 서로 그림
자를 묻어주는 지평선
　사막이 사막을 덮으며 검은 하늘을 가리고 있었다

저기 모래밭 낙타 풀꽃 한 무더기

자줏빛 무기를 숨긴 채 설화처럼 피어 있었다

시퍼런 가시

장미가 이뻐

한창이야, 그치

했던 말을 하고 또 하고

내년에도 꼭 오자 또 오자

그림자도 아니고 실재도 아닌 냄새 맡을 수도 없고

들리지 않는 꽃들의 대화

지키지 못한 약속처럼 가시가 나를 찌르기도 해

아픈 일들은 잊히지 않은데

허공이 활짝 피어서 둥둥 떠 있는데

어디에서도 장미 향기 나지 않아

꽃색은 매혹적이지 않고

아름답지도 않았다

생각나지 않는 것과 모르는 것 사이

보이지 않는 것과 잊어야 하는 일들 사이

꽃빛은 멍청하다

가시 없으면 피지 못하는 꽃

우리 서로에게 얼마나 시퍼런 가시였나

붉음은 붉게 흰색은 희게

내가 기억하지 못해도

장미는 넝쿨을 더 길게 뻗어 올릴 거야 구름을 휘휘 감을
거야

잊어도 잊어도 차오르는 아픈 가시

연신내

해그림자 따라 서쪽으로 가면 연신내 연신연신 흐르고 있
었네
바람 같은 판잣집과 높은 빌딩 숲 밑을 헤쳐가면 하늘
저편 궤도에서 벗어난 모래 행성
여기쯤인가 연신이 눈물이 불어나 큰 내를 이루었다는 물
결 소리 여전히 훌쩍이네
노을을 머금은 채 눈물이 흐르는 지명 그녀의 유서 출렁
이는데

연신이 젖가슴에 위통 벗은 사내들이 맨발을 담그고 있네
물고기 놀란 듯 꼬리 흔들며 흩어지고
그동안 무수히 밟힌 퉁명스럽게 부르튼 내 발 오래된 붓
기를 하얗게 씻어주네
쓰다듬어 주네 사내들의 발도 내 발도 흰 물고기처럼 가
지런히 떠 오르네
지느러미 흔들며 떠내려가는 연신내

어쩌나

큰물 지고 눈 내리면 어쩌나,

까만 별똥 주워 먹고, 아가의 간 빼 먹는다는 뚝 다리 아래 어디쯤 늑대 새끼들

그들에게 흰 젖 물리시던 나의 생모는 무엇을 바라며 한 사발 영천수 떠놓고 비손하는

돌둠벙이 되셨는지 밤마다 접시꽃 등불을 내 걸고 계시는지

자꾸 울면 주워 온 다리 밑에 갖다 버릴 거야 니네 엄마 영천 뚝 다리 똥떡장수 늑대 엄마

그 말, 지금도 환청처럼 까마귀 짖어대지만, 이불속 무서움 이제 다 잊었나

어쩌나, 나

둥굴 다리 물결이 핏줄처럼 출렁거리나, 내 속에 늑대 새끼 떼를 쓰네 날마다 꽃단장을 하고

오늘은, 무엇으로 배를 불릴까 허기를 달랠까

황지黃地

그림자 물속으로 걸어 들어가네 빈 수숫대 흰 머리카락
휘날리며 당신들이 조약돌 뜨거운 피의 발원지로 스며들고
있네

강 하류의 물색은 그리도 목마르고 배가 고팠을까 이 연
못에서부터 그리움이 시작되고 이별이 시작되었다는 것을

오늘에야 연어처럼 굽이치며 거슬러 올랐네 여기가 분명
슬픔의 발원지라 둥근 물소리에 젖어보네

핏줄 붉어진 발목을 담그고 철부지 붕어처럼 지느러미 흔
들며 가슴 풀어헤치는 형제여

연못 속으로 일그러진 그림자 무덤인 듯 들어가고 태백산
꼭대기 이번 생의 한여름이 머리 위 화인을 찍으며 기울어
지네

수몰 댐에 바치는 꽃술

이별식도 없이 떠나간 빈집과 수런대던 새들 다 날아가고
없는데

아직 옮기지 못한 주인 없는 무덤 하나

햇살 드는 산 너머에 그 무덤 옮겨 주기로 한 날
그 밤이었네 몇백 년 전 기생 눈물 흘리며 이장님 꿈에 애
원했다지

하룻밤 도령 꼭 돌아올 때까지
이 거북 바위에서 기다리겠다는 눈물 호소에 오금 저렸던
이장님
그 자리 그냥 계시라고 진달래 꽃술을 올렸다지

깊이 차오른 푸른 물결 숨 쉬는가 파문이 번지는 그 영혼
종종걸음

저녁 소반 차리는지 젓가락 달그락거리는 소리
밥 짓는 연기 집 나간 물새들 불러들이고

수몰 댐은 귀기 서린 추억을 밀봉하며 조용히 깊어갔다지만
댐이 범람할 때마다 이장님이 울컥했을까

제
4
부

노을이 내릴 때까지

－해국海菊

사람을 바다처럼 꽃처럼 섬기는 나라가 어디 있다고 들었다

여기서 피지 못한 꽃은 꽃이 아니라고

꽃 아닌 것들이 모여서 꽃으로 피었다고

나는 더 이상 어떤 나라도 꿈꾸지 않았는데

새떼들 한 잎 꽃 바다를 물고 날아온다

노을이 내릴 때까지

내가 오래전 잃어버린 그 무엇을 찾으려는 듯

이 향기를 또 잊어버릴까 해국 이랑을 더듬고 더듬었다

첫길

아가와 손잡고 가는 길

너를 따라 비로소 첫걸음을 다시 배우고

세 살이나 네 살

새로 피어난 꽃과 눈 맞춤을 한다

솜구름이 갑자기 왜 도깨비방망이로 변하는지

해는 왜 후후 불어 식힐 수 없는지

바람은 왜 비틀비틀하게 자꾸 넘어지려 하는지

그림자 비틀 넘어질 듯 안아달라는 말

업어달라는 말이 아득하다

샛길에는 버드나무 연둣빛으로 불을 지피고

너와 나는

저 구름 너머까지 처음 보는 것들을 만나러 가네

수풀을 헤치면서 사마귀처럼 뒷발 푸르게 적시며 가네

나비가 꽃가루 옮기는 꽃길을 따라

까맣게 기어가는 개미의 행렬을 따라

우리 뒤뚱거리네

파란 하늘에 뜬 낮달이 솜사탕 같다고

손가락질하는

너도 세 살 나도 네 살

자작나무 스님

한 번도 불법에 대해 말씀한 적 없다

세간사의 이치를 물어봐도 소박데기 흰 꽃처럼 볼우물만
슬쩍 지운 채

서릿바람을 촘촘히 기워낸 가사 장삼은 늘 빌려 입은 듯

어깨선이 가슴까지 내려와 있었다

세상에 대한 눈높이는 갈비뼈 아래에서 잠시 눈을 떴다
감을 뿐

변변한 바리때 하나 없다

자작나무처럼 바람 불 때 흔들리고

토막나무처럼 그냥 모로 쓰러져 잠들 것 같은

성불길 아득히 먼 스님

이런 꽃색 아래

꽃길 지나며

숨겨둔 부끄러움 벚꽃 아래 흘러내리네

이런 날

내가 그 누구 앞에 항복 받지 못할 죄 없겠네

하얀 꽃 사태 하늘을 가려서, 구름을 가려서

꽃빛이 너울너울 너그럽게 번져서

이런 꽃색色 아래

내 어떤 아픔인들 별일 아니라고

꽃송이 송이 환하게 소리 없는 폭발음이네

파르르 꽃잎이 무더기로 몰려와

시린 어깨 따스해지도록 덮어 준다면

붉은 내상內傷인들 꽃잎으로 물들어서

이름뿐인 상처라고 그 이름 지우며 흩어질 때

적멸 속으로

적멸보궁 아래 계단을 내려오며 적멸이라는 말을 잊어버린다 석등에서 흘러나오는 푸르스름한 빛 한줄기 죽은 벌레가는 길 끝까지 비추지 못한다 그들의 죽음이 적멸 속으로빨려 들어간 것 같아 청설모도 가지를 딛고 키 높은 숲길을뛰어간다 돌층계에 쪼그리고 앉아 주문을 외는 귀뚜라미에내 숨을 섞을 때 전나무는 온몸을 열어 어둠을 쓸어 담는다저녁 웅덩이에서 안개 피어오르고 새들은 또 다른 새의 먹이를 위해 울어주기도 하고 날아주기도 한다

목장

배부른 양은 제 안의 늑대를 숨기고 앉아
고요히 허공을 우러르기도 하지만

여전히 고개 숙이고 먹새와 싸우는 눈망울은 처연하다

허연 젖무덤과 무거운 부자지를 거느리고 긴 고초 길 건
너는 동안
이슬방울은 풀쐐기를 뜯는다

헌책처럼 낡은 잔등의 가죽과 누추하게 자라는 오색의 깃
털
젖줄기는 가을바람에 물들고

세상의 풀밭은 먹어도 먹어도 배부르지 않은 비밀의 구유
같은 곳
쉬지 않는 울음은
영원히 멈추지 못하고 바람에 떠도는 공복의 숨소리

서로의 신을 부를 때

시타르타께서

새벽별을 보고 깨쳤다는 성도재일成道齋日이었던가

보리수나무 오색 등불에 찔리며

내 옆에서 무릎이 아프도록

절을 올리고 있을 때만 해도, 딸아

너는 내 속에만 피어 있는 꽃봉오리인 줄 알았다

사랑하는 사람을 따라

불경 대신 성경을 읽을 수도 있다는 걸 알지 못했을까

이국의 교회 십자가 아래서

젖은 꽃처럼 두 손을 조아리고 있을 네가

떠오른다

밤하늘이 무너져 내릴 듯 폭우가 쏟아지고 캄캄하게 그날

처럼 너를 태운 비행선 멀어져 가는 소리

깊은 꿈에서 깨어난 듯 으슴푸레

지구 저편에서 건너오는 네 목소리

엄마 뭐해?

네 생각하고 있잖아

언제 우리는

하느님과 부처님의 가르침이 거기서 거기라고 말할 수 있
을까

너와 나, 우리는 서로의 피를 믿지

먼 목소리 서로를 알아듣고

허공 속에서 겹쳐지는 하룻밤이라는 찰나

이것은 무엇일까

우리 관계에 무슨 떨쳐 버릴 수 없는 두꺼운 애착이 있었
던 들

여기는 낮, 그곳이 밤인 들

이렇게 서로

서로에게 부처이고 서로에게 예수

서로의 신神의 이름 바꿔서 불러 볼 수 있는 우리

슬픔이라는 완장

조금 흘러내린 완장 앞에서 고개를 숙이네

당신의 슬픔을 애도하는 순간

죽음의 형식마저 지겨워 이미 영혼은 초승달 하늘로 훨훨
날아올랐을지도 몰라

검은 소매에 매달려 밤늦도록 애도를 받는 흰 얼굴

하늘 한 귀퉁이 흘러내린 것처럼

핀에 꽂혀 비뚤하게 흘러내린 초승달처럼

세상이 끝날 때까지 슬픔의 질서를 지키는 완장

어느 꽃제비 고백론

꽃제비 한 쌍 다리 밑에서 결혼식 올리는 날

노래하는 청제비

손뼉 치는 노제비

쓰레기더미에서 주워 온 음식으로 잔칫상 차려놓고

춤추는 무리 꽃제비

햇빛 아래 노래하는 우리는 고아가 아닙니다

우리 모두 가족 꽃제비 무리 꽃제비

길에서 피리 불고 길에서 유랑하는 꽃제비

자유라는 말 몰라도 너무도 자유로운 우리

태생적인 동무들

신랑 신부 동무들 모처럼 배부른 날

오늘은 평등합니다

사랑은 죄없이 피어나는 마른버짐

얼룩진 얼굴로

춤추고 풀피리 불면서 긴 잠에 들었습니다

꿈속에 압록강을

훨훨 하늘 꽃제비 쩡쩡 얼음 깨지는 강을 건넜습니다

어마이 아바이 없어도

어디에 사는지 몰라도 고아가 아니지요

백두산을 넘고 두만강 건너서

지구를 반 바퀴 돌아서 남쪽 땅으로

죽은 듯 날아오는 제비에게 앞서 오는 제비는 천상 부모
랍니다

겨우 살아 따라서 온

지금 여기는 꿈속인 듯

이제 자유와 평등이라는 말 꽃제비라는 말 까맣게 잊고

밤잠 안 자고 달리는 나는 오토바이 배달족입니다

북서울 꿈의숲

흰 달도 꽃바람도 개 목줄에 묶여서 달린다
애완견 유모차 행렬이 구릉길 밀고 오네
구름 송이 짖어대는 하늘 아래 잔디밭은 들썩거리고
나도 순연한 몸짓에 발맞추며 가는 하등동물
가족들이 자리 펴고 앉아서 서로를 향해 꼬리 치켜들어
집회는 과열이네
목회자처럼 자신들만의 기도문을 짖어댄다
조금만 둘레를 벗어나면 목줄을 끌어당기며 가두는 주인
외로움을 성토하듯
나무도 새들도 같이 짖어대지만
기억에도 없는 울음소리 바람으로 흩어진다
포탄의 피난길에서 주인이 살아 돌아올 때까지 삽작을 지
키고 있었다는 그 개처럼
제 주인 없어질까 봐 뛰고 절면서 돌아보는 눈망울 석양
에 젖은 듯
간신히 얽어 매인 가계처럼

저 목줄에서 오순도순 보랏빛 제비꽃이 피어난다

불구의 새끼를 낳아 기르기도 하고 낯선 길에서 유기되기도 하는

피 섞이지 않아도 저 피의 온도는 오래전부터 비슷했다

움켜쥐고 같이 뛰어야 할 목줄도 없이 걸어가는 그림자도 더러 있어

유령처럼 보일 듯 말 듯 혼몽의 하루 같은

사람 같은 개와 사람을 잊은 사람들이 뭉게뭉게 사랑을 일구는 휴일 공원

하얀 깃털과 꽃가루가 마구 날아올라,

외로움에서 피난 나온 듯, 이토록 이팝나무 꽃 만발한 지구촌

봄의 신神

장지葬地를 빠져나오자 복사꽃이 온 산을 뒤집고 있습니다

눈물 사이 꽃비 날리는데 오늘을 누가 데리고 가나요

살아있는 것만이 죽을 수 있나요

하늘은 높거나 멀지 않았는데 숨이 멎으면 무슨 신神이 되나요

우리 다시 숨 쉴 수 있나요

저쪽 세계로 전송하듯, 하산길은 눈멀었습니다

꽃상여 따라 나왔는데, 지도에 사라진 봄 길

붉은 빗물에 새소리를 말아 먹었습니다

이구아나

녀석을 놓아줘야 하는데 꼭 끌어안고 있는 나도 이구아나
처럼
딱딱해진다 지저귀는 몸을 햇살 아래 들어 올리면
팔다리에 숨어 있던 힘줄이 파닥거린다 우툴두툴한 감각
과 세찬 발놀림이 가슴팍으로 들어왔다

다른 눈을 피해 사방으로 두리번거리는 이구아나 눈알은
한 바퀴 돌아가고 푸릇한 반점 얼룩진 몸통이 휘어진다

조그만 뿔을 내저으며 진짜 진짜 아이씨 아이씨 어른 말을
온종일 흉내 내고 따라 한다 아가미로 괴성을 지를 때, 하
얀 비늘이
우수수 떨어져 내린다 눈동자의 무게와 장딴지가 끝없이
부풀어가는 말랑말랑한 햇살

처음 불을 발견한 것처럼 눈에 불을 켜고 불을 붙여보는
꼬마 원시인, 칼과 도마를 꺼내서 북처럼 두드린다 팔다리

를 날쌔게 움직이며 먹이를 만들겠다고 부엌을 휘젓는

　막무가내 이구아나 동굴 속에 갇혀 있다가 뛰쳐나온 푸른

　이구아나 한 마리 평생 뛰고 걸어서 새끼를 잡으러 원시

의 숲에서 헤맨다

애플은 먹는 것, 공은 차는 것

딸기는 타딸
포도는 푸푸
블루베리는 불불
공기는 아가의 지저귐에 새 깃털을 달아 준다

동화 속 아치를 본 후
작은 혀가 처음 아치를 발음한 이후 모든 둥글게 휘어진
것은 다 아치가 되었다

이모의 둥근 이마도 아치,
눈썹도 아치
강변도로 저 앞에 휘어진 길과 다리도 아치, 아치
아치 속에는 말의 뼈가 자라면서 허공으로 휘어지고
자동차는 햇살이 쏟아지는 아치 위를 달린다

희미한 하늘의 해를 가르치며 달, 달, 달
밤에 뜨면 달 낮에 뜨면 해

달과 해는 한 몸

해와 달은 저 멀리에 있고 애야 네 가까이 있는 것은 공과
애플

애플과 축구공을 나란히 놓고
추추? 애플?
왜 다른지
눈망울이 둥글게 부푼다
애플은 먹는 것 공은 차는 것
풍선과 애플과 공은 모두 침묵에서 흘러나오는 의미

바비 인형

오른쪽이 아프기 시작하면서
내게도 오른팔이 있었다는 걸 안다
나, 혹 잡배처럼
누구의 오른팔이 된 적이 있었나
심장에 가장 가까운 푸른 팔손이인 양
사랑하는 너의 따귀를 후려친 적도 있지 않았던가
오른쪽이 하는 짓은
늘, 똑바른 일이라고 믿었지만
내 먹이와 일상의 문장에 바쳐진 쇠스랑처럼
보이지 않는 바람에 순종하면서 꽃 같은 네 마음
오른손으로 받아 주지 못한 그런 죄
밤마다 시퍼런 가시로 찔러댄다
오른쪽이 옳지 않다는 그 말 쓰리고 깊다
왼쪽과 오른쪽 사이에 숨겨진 비밀의 힘을
쉽게 포기 못 하는 그 이유 알지 못한다

가을은 등짝이 없다

오르던 산길 멈추고 문득 뒤를 돌아보았다 흐르던 시간이
멈춘 듯
이 세상의 없는 빛 낯설게 타오르다 사라졌다

거쳐 온 길이 등 보이며 서쪽으로 빠져나가고 있을 때

실눈 뜨면 보이고 들린다 차라리 귀먹고 눈멀면 더 찬란
한 풍경
나 그 길에 단풍 한 잎 묻어 준 적 없고 꽃 사태 지던 날
새끼손가락 언약도 잊어버렸지

하늘에 숨은 저 빛이 노둣돌 놓고 간다
빨리 가거나 오르면 저 산성에 닿을까 아직도 멀었을까

혼자서 가라는 뜻 잊은 채 돌아보면 가을은 등짝도 없이
멀어져 간다

밝은 얼굴

내 얼굴이 우거지상이라고?
다른 사람에게 밝은 얼굴 보여주는 것도 큰 보시라고?
화안시花顔施라고?

잠들기 전 스스로 되묻고 되물어도
그 선배의 말이 옳았는데
화들짝 내 얼굴 왜 붉으락푸르락했을까

그날 이후
아침마다 입꼬리 살짝 올리고 웃는 척
겨우 거울에게 베푸는 크나큰 무주상보시無住相布施

해설 · 시인의 말

자연의 비의, 혹은 생의 신비
―조연향,『길 위에서의 질문』의 시 세계

황치복(문학평론가)

1. 이면의 신비, 혹은 주술적 상상력

조연향 시인은 1994년《경남신문》신춘문예에 당선되었고, 2000년《시와시학》신인상에 당선되어 문단에 나온 이래『제1초소, 새들 날아가다』(포엠토피아, 2002)를 비롯하여『오목눈숲새 이야기』(시와시학, 2006),『토네이도 딸기』(서정시학, 2018) 등 세 권의 시집을 발간한 바 있다. 이번에 새롭게 펴내게 된『길 위에서의 질문』은 시인의 네 번째 시집이 되는 셈인데, 기존의 시적 경향을 이어받으면서도 새로운 관점과 시도가 눈에 띄게 확연하여 시인에게는 의미 있는 시집이 될 듯하다.

무엇보다 조연향 시인은 첫 시집인『제1초소, 새들 날아가다』에서 시도한 '구치소'라는 강렬한 인상을 주는 연작으로 오래 기억될 듯한데, 시인은 '구치소'라는 대상을 세상으로 확대하기도 하고, 마음의 영역으로 미시화하기도 하면서 세상과 마음, 혹은 우리의 인생과 삶의 조건에 만연해 있는 감옥에 대해서 탐구한 바 있다. '구치소'라는 색안경을 끼고 바라봤을 때 우리의 삶과 마음, 그리고 세계의 모습이 어떻게 보일 수 있는지를 타진하면서 시적 알레고리의 정수를 보여주고 있었던 것이다. 이후 시인은 주로 자연을 관찰하고 거기에서 삶의 길과 이치를 탐색하는 경향을 보였는데, 이번 시집에서는 이러한 경향이 더욱 심화되어 자연이 지닌 비의라든가 삶이 지닌 신비한 모습으로 육박해 들어가는 보다 날카로운 시의식이 두드러지고 있다.

특히 조연향 시인의 이번 시집에서 주목되는 점은 샤머니즘적이라고 할 수 있을 듯한 주술적이고 마법적인 상상력이라고 할 수 있는데, 시인은 자연이라든가 사물, 혹은 인생의 이면, 혹은 그늘에 깃들어 있는 어떤 신령스러운 기운이라든가 불가사의한 이치, 혹은 운명과 같은 점성술의 대상이라 할 수 있을 듯한 영역으로 육박해 들어간다. 그러니까 시인에게 나타나는 자연물이나 자연 현상, 혹은 삶의 어떤 국면들은 있는 그대로의 모습이 아니라 어떤 숨겨진 배경과 맥락을 지닌 신비로운 것으로 다가오는 것이다. 시인은 그러한 사물과 현상들, 그리고 삶의 특정한 국면의 이면에 숨어 있는 비의라든가 신비를 찾기 위해서 예민한 감각과 상상력을 총동원하는데, 이러한 시작(詩作)의 과정에서 시인은 결과적으로 영매(靈媒)라든가 샤먼과 유사한 모습을 지니게 된다. 예컨대 이런 식이다.

백양나무 사이 보일 듯한 당신들 무사하다는 전갈은 아직 도착하지 않았습니다

어떤 슬픈 예언이나 더 아파야 한다는 점성술사 같은 저 달무리의 예고, 누구는 보았고 누구는 듣지 못했습니다 그대를 향한 사랑이나 희망도 기진한 잡담일 뿐,

반달 속에 남아 있는 반달을 믿으며 오늘 저녁도 공복의 사막에서 잠시 눈을 붙입니다

―「서울 낙타」, 전문

시적 화자의 관심사는 "백양나무 사이 보일 듯한 당신들"의 안부인데, 그것을 알지 못하기에 하늘의 달무리를 보면서 길흉을 짐작한다. "어떤 슬픈 예언이나 더 아파야 한다는 점성술사 같은 저 달무리의 예고"라는 구절이 이러한 사정을 암시하고 있는데, 달무리를 보면서 예언이나 점술을 연상하는 시적 화자의 사고방식은 근대 이전의 주술적 사고를 닮아 있다. 특히 "반달 속에 남아 있는 반달을 믿으며"라는 구절에서 반달의 보이지 않는 나머지 반쪽에 주목하는 시적 화자의 모습을 확인할 수 있는데, 이러한 시적 사유는 바로 달의 일부분을 구성하지만 숨어 있는 부분, 즉 달의 어두운 면에서 달의 운명을 찾으려는 모습이라 할 수 있다. 시적 화자는 "오늘 저녁도 공복의 사막에서 잠시 눈을 붙입니다"라고 하면서 자신의 삶이 항상 어떤 결핍과 갈증으로 시달리고 있음을 암시하는데, 이러한 삶의

모습에 시인은 "서울 낙타"라는 제목을 붙이며 그것이 오늘날 대도시의 삶의 모습임을 강조하고 있다. 그러니까 최첨단의 도시적 삶을 영위하면서 시인은 주술을 무기로 사막과 같은 삶을 횡단하고 있는 셈이다.

「서울 낙타」라는 시에서 가장 주목되는 점은 불가사의한 현상에 대해 접근하고자 하는 시인의 시적 열망이다. 시인은 쉽게 포착되지 않은 현상에 대해서 그것과 연관이 있을 듯한 대상, 혹은 어떤 실마리를 암시하거나 응축하고 있을 듯한 사물을 향해서 다가가서 그것이 품고 있을 듯한 의미를 풀고자 하는 의지를 지니고 있다. 이번 시집에서는 이와 같은 신비와 비밀에 대한 호기심, 그리고 그러한 비의의 코드를 풀고자 하는 관심이 넘쳐나고 있는데, 예컨대 "알 수 없는 세계와 내통이라도 하듯 무슨 말이라도 전해 줄 듯 하늘은 검은 무리를 이끌고 서쪽으로 기울어져 간다"(「까마귀들의 산책」)와 같은 구절을 보면, 하늘은 그냥 하늘이 아니라 어떤 세계와 내통을 하고 있는 비밀스러운 문지방이다.

또한 "읽어도 읽어도 갈증 나던 열두 살 비밀스러운 행간/ 푸른 심장 팔딱이며 불면의 참새들 찍찍거렸다/ 눈앞에 자꾸만 스멀스멀 기어가는 짝사랑의 흘림체"(「빈대의 일기」)에서는 "오빠 일기장"을 향한 호기심과 설렘의 열기를 뿜어내고 있다. 오빠의 일기장은 "열두 살"의 "비밀스러운 행간"을 지니고 있는 신비스러운 영역으로서 시적 화자로 하여금 "푸른 심장 팔딱이며 불면의" 시간을 보내도록 하는 긴장과 자극의 원천이기도 하다. 이와 같이 자연과 삶의 신비를 엿보고자 하는 열망으로 가득 찬 시인은 자신을 외계인으로 생각하기도 하다. 지구에 착륙한 외계인이라면 지구에서 일어나는 모든 삼라만상이 신비와 놀라움의 현상이 될 것이다.

> 모래폭풍이 내 모자를 벗겨 갔어요 날아간 흰 모자는 오래전 부장된 새의 영혼, 그 별에 다시 가야 한다고 가장 높은 모래산을 꼭 넘어야 한다는 잠꼬대는 병마처럼 깊어 갔어요 타클라마칸 수미산을 더듬어도 잠시 머물렀던 곳은 신화 속 무분별지입니까 지구 언덕에 흰 깃발을 꽂고 돌아온 외계인처럼 나는 가끔 추억하지요 너무 많은 사람들이 깃발을 꽂느라 모래산이 해빙처럼 무너져 내리고 있어요 급기야 잠시 머물렀던 우주선은 나를 떨군 채 외계로 돌아갔다고 누군가 믿을 수 없는 소식을 전해주었습니다
>
> ─「타클라마칸의 추억」 전문

물론 이 시에서 시적 화자 자신을 "외계인"으로 설정한 것은 외계와 같은 타클라마칸 사막에서의 체험이 신선하고 신비로운 것임을 강조하기 위한 전략일 것이다. 타클라마칸 사막은 외계에 간 것과 같이 놀라움과 불가사의로 가득했다는 것, 그래서 일반적이고 상식적인 해석으로는 그것을 설명할 수 없다는 것을 강조하기 위한 것이라는 말이다. 그래서 시적 화자는 모래 폭풍에 날아간 자신의 흰 모자를 "오래전 부장된 새의 영

혼"이라고 은유적으로 표현하는가 하면, 타클라마칸 사막에 있는 수미산에 대해서는 "신화 속 무분별지"라고 하면서 그 신비로움을 강조하고 있다.

그런데 어쨌든 시적 구도에서 시적 화자는 "나를 떨군 채 외계로 돌아갔다"는 타클라마칸이라는 "지구 언덕"에 "잠시 머물렀던 우주선"에서 내려온 외계인으로 설정되어 있다. 그러니까 "그 별에 다시 가야 한다고 가장 높은 모래산을 꼭 넘어야 한다는 잠꼬대"를 하고 있는 "오래전 부장된 새의 영혼"은 사실 시적 화자의 내면을 대변해주고 있는 어떤 상징적 존재가 되는 셈이다. 이 외계인의 눈에 비친 타클라마칸의 사막은 "부장(副葬)"이라든가 "신화", "무분별지" 등의 기표들에 의해 둘러싸여 있는데, 이러한 기표들은 타클라마칸 사막을 고대의 아득한 신화적 시간이나 성스러운 종교의 영역으로 이끌고 간다. 외계인의 눈으로 보기, 혹은 관념과 선입견의 배경 없이 처음 보는 것처럼 날것으로 보기라고 할 수 있는 이러한 관점과 전략에 의해서 외계의 사물과 대상들은 신비와 비의를 함축하는 상징처럼 다가오는 것이다. 이러한 시각은 마치 보들레르가 상징주의의 선언문처럼 인식되는 「만물상응(correspondance)」에서 견지한 관점과 유사한데, 조연향 시인에게도 자연은 혼란스러운 말을 흘려보내는 하나의 사원(寺院)과 같은 역할을 한다. 다음 시를 자세히 읽어보자.

흔들리는 바람을 보았다

나뭇잎들이 팔랑이는 바람 물결

사각사각 공기를 뒤집는 소리의 낙처落處는 어디인가

여기 없는 당신 가슴의 빈 곳인가

어떻게 하면 들리지 않는 저 소리를 연서처럼 받아 적을 수 있나

같이 숨을 섞어 일체가 될 수는 없나

희고 눈부신 나무껍질은

쉽게 부서질 사랑에 마음 주지 않는다

그 속에는 수많은 두근거림 켜켜이 긴 잠을 자거나

꿈꾸고 있을 것 같다

아스라이 초록 잎 받들어 무성하게 빚은 생의 꼭대기

자작은 스스로 풀지 못하는 무슨 질문이 있어

희미한 조각달을 향해 끝없이 치솟고 있을까

청결한 흰 비늘 나무를 껴안고 올려다보면

난쟁이처럼 내 무릎은 땅 아래로 흘러내린다

　　　　　　　　　　　　　—「자작나무의 질문」 전문

　"흔들리는 바람"이 모든 사태의 진앙점 역할을 한다. 바람이 불자, 나뭇잎이 팔랑이고, 그러면 바람의 물결이 인다. 그 바람의 물결 속에는 서걱이는 나뭇잎의 소리가 담겨 있는데, 그 소리는 어딘가에 가 닿을 것이다. 그것은 시적 화자의 상상력 속에서 "여기 없는 당신"의 빈 가슴을 연상시키게 되고 당신의 빈 가슴에 닿는 그 소리는 연서로 해석되어 "같이 숨을 섞어 일체

가 될 수" 있는 동화와 공감의 지극한 경지라는 꿈을 초래하게 된다. 이러한 자연스러운 상상의 전개는 결국 나무의 꿈, 혹은 나무의 내면으로 침투하게 되는데, 그 결과 나무의 내면에는 "수많은 두근거림 켜켜이 긴 잠을 자거나/ 꿈꾸고 있을 것 같다"는 시적 인식에 도달하게 된다.

그러니까 나무의 내면에는 외부적 대상과의 절대적 동화와 일치라는 꿈이 내재되어 있다는 것인데, 시적 화자가 나무를 보면서 이러한 생각을 펼치게 된 연유는 나무가 그냥 단순한 외부 사물이 아니라 어떤 비의와 신비를 간직한 유정물로 파악되었기 때문이다. "수많은 두근거림"을 간직한 신비로운 대상이기에 그것은 꿈을 꿀 수도 있으며, 또한 세상에 대해 질문할 수 있다. "자작은 스스로 풀지 못하는 무슨 질문이 있어/ 희미한 조각달을 향해 끝없이 치솟고 있을까"라는 구절이 자작나무의 존재의 비의에 대한 해명 욕구와 그것을 위한 비약과 상승의 의지를 잘 표상해준다. 자작나무는 꿈과 질문을 가지고 있으며, 그러한 내부의 욕망과 호기심을 충족하기 위해서 존재의 비약을 감행하고 있다는 인식은 그것을 성스러운 존재로 고양시키게 되는데, "난쟁이처럼 내 무릎은 땅 아래로 흘러내린다"는 시의 마지막 구절은 그러한 자작나무에 대한 시적 화자의 찬탄과 경외의 감정이 낳은 자연스러운 결과일 것이다.

2. 자연의 베일(veil), 혹은 비밀스러운 자연

지금까지 조연향 시인의 시적 관심사로서 신비와 비의를 간직한 대상에 대한 호기심과 그 내면을 향해 육박하려는 시적 열정 등을 확인해 보았다. 시인이 바라보는 시적 대상은 단순한 사물이 아니라 어떤 불가사의한 신비와 운명을 간직한 주술적 대상이라는 것, 그리고 그러한 신비와 비의를 포착하기 위해서는 사물의 내부로 파고 들어가 그것이 지닌 꿈과 의지를 확인하는 작업이 필요하다는 시적 인식 등을 읽어낼 수 있었다. 특히 자연은 단순한 외부적 대상이 아니라 어떤 꿈과 질문을 간직하고 있는 존재자로서 우리의 관심과 해석을 기다리고 있는 대상임을 알 수 있었다. 조연향 시인에게 자연이 품고 있는 비밀과 운명의 양상은 어떤 것일까?

구름 한 장 너머 어디쯤서 생각 없는 찬바람이 불어오는 걸까
보이지 않는 것을 보려는 것이 우리 필생의 업이지
늑대가 베어먹다 남긴 비스킷

당신의 진실은 부서지지 않고 그림자에 가려져 있을 터
산등성이 집들이 거북처럼 엎드려 있다
서로 가까이 두고도 얼마나 추위에 떨고 있었나

창문 흔드는 바람 소리에 마음을 엎드렸나
영겁 속 내 몸 이리 통증으로 어두워지는지
빛과 그림자 둘이 아니라는 걸 지구 어느 부위에 문신을 새
기는 걸까

하늘에서 땅까지 빛이 닫혀도
서로를 포갠 채 서로의 운명 갉아 먹어도
나는 당신과 절연 할 수가 없다

달의 채소밭에는 포도가 흑점을 놓으며 쓸쓸히 익어가리라
무엇을 더 보려는가
눈앞의 세계 사라지지 않고 그림자를 드리웠을 뿐이다

나, 새끼거북처럼 등껍질 속에서 담장 밖의 세계를 향해 목
을 뺀다

—「일식의 경계」 전문

일식이란 달이 태양의 전부나 부분을 가리는 현상을 지칭하
는데, 부분 일식, 개기 일식, 금환식 등이 있다. 어떤 경우든 지
구에서 볼 때, 태양과 달이 겹치는 현상이라고 할 수 있으며,
시인은 이러한 겹침 현상을 보면서 다양한 상상력과 시적 사
유를 전개한다. "보이지 않는 것을 보려는 것이 우리의 필생의
업"이라는 표현은 지금까지의 논의를 다시 확인해 주는 대목인

데, 시인은 보이지 않는 것이 간직한 신비와 비밀에 대한 열망으로 충만해 있다. 물론 이러한 신비와 비밀 속에는 사람과 사람 사이의 겹침이라는 사랑의 속성 또한 포함될 것이다. "서로를 포갠 채 서로의 운명 갉아 먹어도/ 나는 당신과 절연 할 수가 없다"는 구절은 그러한 사랑의 신비한 힘을 암시하고 있으며, "당신의 진실은 부서지지 않고 그림자에 가려져 있을 터"라는 구절 또한 사랑의 진실에 대한 믿음을 시사하고 있다.

그러나 이 시의 가장 주된 이미지는 좀 더 거시적인 차원에서 자연과 세계의 신비와 관련되어 있다. "빛과 그림자 둘이 아니라는 걸 지구 어느 부위에 문신을 새기는 걸까"라는 대목이 빛과 그림자로 이루어진 세계의 실체와 자연의 모습을 응축하고 있다. 그러니까 존재의 모든 국면은 빛과 어둠의 조합으로 입체적으로 이루어진다는 것, 지구 또한 "문신"처럼 그러한 빛과 어둠의 조합으로 형성되어 있음을 강조하고 있는 것이다. "눈앞의 세계 사라지지 않고 그림자를 드리웠을 뿐"이라는 표현 또한 세계가 빛과 어둠의 결합에 의해 형성되는 것이며, 한 번 생성된 것은 사라지지 않고 가려질 뿐임을 암시하고 있다. 그러니까 시인이 「서울 낙타」에서 "반달 속에 남아 있는 반달을 믿으며"라고 했던 것처럼 세계는 그림자에 의해 가리워지거나 은폐될 수는 있지만, 그것이 사라지지 않고 잔존하고 있다는 것이다. 세상의 이치와 진실 또한 그러한 것일 터인데 "당신의 진실은 부서지지 않고 그림자에 가려져 있을 터"라는 구절이 이러한 자연의 이치를 함축한다.

시인은 시의 마지막 구절에서 "나, 새끼거북처럼 등껍질 속에서 담장 밖의 세계를 향해 목을 빼다"고 하면서 이러한 세계에 대한 시인의 지적 호기심과 탐구의 열정을 드러내고 있다. '담장 밖의 세계'란 물론 달에 의해 가려진 태양의 흑점, 혹은 반달 속에 남아있는 반달일 터인데, 그것이 어떤 "운명"이라든가 비밀을 간직하고 있기 때문에 시인은 목을 빼고 그것을 탐색하는 것이다. 시인의 가려진 운명이라든가 신비에 대한 탐구는 가끔씩 환상의 영역을 넘나들기도 하는데, 이로 인해서 조연향 시인의 시적 공간은 더욱 신비스러운 색채를 띠게 된다. 다음 시를 읽어보자.

사라진 여우는
별빛을 받으면서 허기를 달래고 있다고 빗방울이 전해 준다

내 몸속의 모든 장기는 달빛에 흐물거리고 머리카락은 물결처럼 흘러내리네
보이는 것 모두 환상이고 착각이라고 발길 축축하네

대기는 분명 구름이 바탕이다

구름이 비를 불러오듯
지상 가까이 내려오면 여우비 한 방울 잠깐 피어날 뿐

새들의 깃털 한쪽은 흰색 한쪽은 검은 활자

꽃순 틔우는 수국이라 해도 비 뿌리는 저녁에는 어떤 밀어
도 들리지 않아

뿌리는 흙 속에 잠들고 꽃숭어리 빗소리에 젖는다 구름에
살짝 가린 하늘 아래

잎사귀들 수천 번 환생했을 여우 이야기에 귀 기울인다
　　　　　　　　　　　　　　　　—「대기는 구름이 바탕」 전문

　"대기는 구름이 바탕"이라는 제목은 대기란 구름이 바탕을
이루고 그 너머에서 우리가 알 수 없는 무수한 신비스러운 현
상이 펼쳐지고 있다는 암시를 새겨놓고 있다. 그러니까 대기라
는 무대에는 구름이 연극의 막처럼 베일을 드리우고 있으며 그
뒤에서는 우리가 쉽사리 접근할 수 없는 현상들이 연극의 한
장면처럼 펼쳐지고 있다는 허구적 장치를 설정하고 있는 셈이
다. 실제로 시인의 전언에 의하면 그 구름 뒤에서는 "사라진 여
우"가 "별빛을 받으면서 허기를 달래고 있"기도 하며, 예의 여
우가 수천 번 환생을 거듭하기도 한다고 한다. 물론 이러한 상
상력은 행동이 민첩해서 예상치 않게 홀연히 나타났다가 사라
지는 여우처럼, 햇볕이 난 날에 잠깐 흩뿌리다가 사라지는 '여
우비'라는 시어를 음미하면서 최대한으로 그 상상의 영역을 펼
쳐 보인 데서 야기된 현상이다.

　그러나 이러한 상상력의 전개는 "보이는 것 모두 환상이고

착각"이라는 시적 인식을 초래하게 되고, 시인은 마음의 눈으로 보이는 것이야말로 진실일 수 있음을 자각하게 된다. 보이는 것은 모두 환상이자 착각이라면 보이는 것 이면에 숨어 있는 것이 진실이 되며 시인의 임무는 그러한 이면의 진실을 포착해서 전달해주는 역할이 될 것이다. 영매이자 샤먼으로서의 시인의 성격이 다시금 확인되는 국면이기도 한데, 그러자 시인에게 나는 새도 단순한 새가 아닌 어떤 비의를 전하는 상징으로 변모한다. "새들의 깃털 한쪽은 흰색 한쪽은 검은 활자"라는 구절을 보면 나는 새의 깃털 한쪽은 하얀 종이와 같은 흰색이 되며, 한쪽은 그 흰색 종이에 어떤 메시지를 기록하는 검은 활자로 해석된다. 그러니까 나는 새는 단순한 조류로서의 동물이 아니라 하늘을 날면서 우리에게 자연의 어떤 비밀을 암시하는 상징물이 되는 셈이다.

시의 마지막 부분을 보면 이러한 자연의 비의에 귀 기울이는 대상은 시인에 국한되지 않는다. "꽃순 틔우는 수국" 또한 빗소리가 전하는 "수천 번 환생했을 여우 이야기에 귀 기울이"고 있기 때문이다. 자연은 어떤 신비한 서사를 연출하는 주체이기도 하며, 그것에 귀를 기울이는 관객이기도 한 셈이다. 자연이 지닌 동시적인 은폐와 폭로의 상징적 속성이 잘 표현된 구도라고 할 수 있을 것이다. 그런데 자연의 신비는 그것이 온전히 드러나거나 밝혀졌을 때보다는 흐릿한 그늘이나 그림자에 가려져 있을 때 더욱 신비롭고 효과적인 것은 아닐까? 다음 시가 이를 말하고 있다.

달에 가면
저 달은 없고 그 달이 떠 있을 거라는 우주인의 전언처럼
달빛은 내 심장의 그림자를 훔쳐 간다

너에게 가면 네가 없다는 생각이 늦은 밤
갔던 길을 다시는 가지 않겠다 다짐을 한다

마음 밖에 수많은 달이 떠 있어도 내가 불러들인 달은
오직 내 옆에서 기척 없이 흘러내린다

회나무에 걸려 있는 달
구름에 어른거리다가도 내가 물러서면 사라지는 달
돌아서면 앙상한 나뭇가지에 숨어버리는 달

나뭇가지 흔들어 우수수 빛을 받아보겠다
늦은 꽃잎 속에서 부서져 내린 달의 언어를 꺼내 보겠다
언제 적 생이었을까 수천수만 번 되돌아 왔던 그 길을 또
간다

　　　　　　　　　　　　　　　　　—「어쩌다 달빛」 전문

　루이 암스트롱의 달 착륙이 그동안 달에 대해 꿈꿔왔던 신화
와 전설을 소멸시킨 것처럼 달은 온전히 장악되지 않고 어느

정도 거리를 두고 떠 있을 때 신비한 달빛이 흘러내릴 수 있을지도 모른다. 그러니까 '달'이 문제가 아니라 '달빛'이 문제가 되어야 하는 것이다. 달은 하나의 실체로서 존재의 엄정함을 함축한다면, 달빛은 그것의 속성으로서 그것을 간접적으로 암시하는 효과가 있다. 그러니까 달빛을 통해서 우리는 달의 존재에 대해서 추측하고 상상하면서 자연이 지닌 신비와 비밀에 대하여 다가가는 것이다. 그러니까 "달에 가면/ 저 달은 없고 그 달이 떠 있을 거라는 우주인의 전언처럼" 달에 도달하면 우리가 상상하던 신비한 달은 없어지고 행성으로서의 무미건조한 달만 남아있게 되는 것이다.

사랑의 논리 또한 마찬가지여서 시적 화자는"너에게 가면 네가 없다는 생각"으로 "갔던 길을 다시는 가지 않겠다 다짐을" 하게 되는데, 사랑은 자신의 마음이 생성한 '너'를 사랑하는 것이지 실제로 존재하는 '너'를 대상으로 한 것은 아니기 때문이다. 그러니까 우리는 우리가 마음속으로 그려낸 상상적 대상에 대해서 사랑에 빠지는 것이다. 따라서 객관적으로 외부에 존재하는 '달'이 문제가 아니라 내가 상상적 공간에서 형성한 이미지로서의 달이 중요한 것이 된다. "마음 밖에 수많은 달이 떠 있어도 내가 불러들인 달은/ 오직 내 옆에서 기척 없이 흘러내린다"는 표현은 바로 시인이 생각하는 상상력의 중요성과 주관적 세계 속의 자연의 가치를 함축하고 있다. 그러니까 자연은 그 자체로 중요한 것이 아니라 시인에게 무한한 상상력을 자극하고, 환상적 세계로 통하는 통로를 제공한다는 점에서 가치와 의미를 지니고 있는 셈이다. 자연은 상상력의 원천으로서 뿐만 아니라 인간 삶의 오묘함을 상징하고 있다는 점에서도 시인에게 중요한 기표이다. 자연의 신비와 연관되어 있는 삶의 신비에 대해서 살펴보겠지만, 그 전에 삶에 대한 시인의 견해가 담긴 시를 통해 인생에 대한 관점을 확인해 보자.

3. 삶의 신비, 혹은 질문으로서의 유목적인 삶

> 해가 지지 않아도 어둠이 내리기 시작했다
> 숲을 적시며 하류까지 떠내려오는 저녁의 호수
> 완장을 찬 여승무원들 일제히 창문 커튼을 내릴 때
> 열차는 접경 지역에서 멈칫거린다
> 기어코 새어드는 노을빛
> 바퀴는 여전히 교전 지역을 지나고 있다
> 조금 후 경계가 없는 초원에 닿을 수 있을까
> 망명의 꿈이 이루어질까
> 국경과 국경 사이
> 마약밀매 신호처럼 독수리 떼 웅성거리며 날아오르고
> 강기슭 부딪치며 탈주 소식을 교신하는 새떼들
> 우리는 결코 포로가 아니다
> 눅눅한 책갈피처럼 날개를 푸덕거려 본다
> 횡단 열차 꼬리에서 뜨겁게 숨 쉬는 행성들이여

우리는 떠나는 것이 아니라

영원히 떠도는 것이다

해가 지면서 달이 붉어지기 시작했다

　　　　　　　　　　　　　—「국경을 지나며」 전문

　위 작품에는 시인의 삶에 대한 철학과 가치관이 명증하게 투영되어 있다. 대륙횡단 열차를 타고 시적 화자는 지금 접경 지역을 지나고 있는데, 주목되는 점은 시적 화자의 의식에 맴돌고 있는 경계에 대한 시각이다. 이 시의 시적 공간에는 무수한 경계가 등장하고 있는데, "접경"이라든가 "국경과 국경", 그리고 "경계가 없는 초원" 등의 시어들과 구절들이 그러한 경계에 대한 시적 화자의 의식을 대변해주고 있다. 물론 시적 화자가 추구하는 것은 "조금 후 경계가 없는 초원에 닿을 수 있을까"라는 구절에 암시되어 있는 탈경계의 공간으로서 초원이라고 할 수 있다. 그러니까 질 들뢰즈가 「천개의 고원(Mille Pleateaux)」에서 강조했던 "홈 패인 공간"이 아니라 "매끄러운 공간", 혹은 가능성과 잠재성으로서의 평면 공간이라고 할 수 있다. "강기슭 부딪치며 탈주 소식을 교신하는 새떼들/ 우리는 결코 포로가 아니다"라는 구절은 이러한 시적 화자의 의식을 더욱 명료하게 강조해주는데, 하늘을 나는 새떼들에게서 탈주의 소식을 읽어내거나 포로가 아닌 자유와 해방의 가능성을 타진하는 대목에서 그러한 것을 확인할 수 있다.

　이 시에서 홈 패인 공간에 갇히거나 경계로 구획 당하지 않고 탈주와 해방의 가치를 추구하는 시 의식과 함께 주목되는 것은 '떠도는 삶'의 가치이다. "횡단 열차 꼬리에서 뜨겁게 숨 쉬는 행성들이여"라는 대목도 그렇지만, 좀 더 직접적으로 "우 리는 떠나는 것이 아니라/ 영원히 떠도는 것이다"라는 구절에 서 떠도는 삶의 가치에 대한 시인의 인식을 읽어낼 수 있다. '떠 나는 것'으로서의 삶이 목표와 목적을 설정하고 그것에 도달하 는 것을 지향하는 삶이라면, 떠도는 삶이란 그러한 목표와 목 적 없이 정착하지 않고 언제나 길 위의 삶을 지향하는 유목적 인 삶의 다른 이름일 것이다. 길 위의 삶이란 합목적적이고 합 리적인 삶이 아니라 우연과 생성을 중시하는 삶, 그러니까 길 위에서 언제나 새롭게 접하는 생생하고 신선한 경험과 생성, 그리고 일탈과 탈주의 가치를 추구하는 삶이 되는 셈이다. 떠 도는 삶, 혹은 길 위의 삶이란 또한 어떤 결론이나 정답을 설정 하지 않고 언제나 새로운 삶과 경험을 추구한다는 점에서 질문 으로서의 삶, 혹은 탐구로서의 삶이라고 할 수 있다. 시인이 자 연과 삶의 신비와 비의를 탐구하고자 했던 처음의 설정이 올바 른 길이었음을 확인해 주는 대목이기도 하다. 그렇다면 길 위 의 삶, 질문으로서의 삶의 구체적 모습을 어떤 것일까?

　사람 뒤에 바람, 바람 앞에 사람
　눈꽃 날리는 것도, 해 지는 시간도 잊은 채 줄 서 있는 그림자

　어린 날 새끼줄 기차놀이 하는 것 같다

천천히 보이지 않는 속도로 식은 낮달처럼 멈추지 못하고
이끌리면서

두꺼운 외투 속에 숨어 있는 아라비아 숫자를 꺼내야지
아라비안나이트의 요술 램프 천 하룻밤을 등지고 햇살이
한 뼘씩 식어가고

줄이 조금씩 줄어들 때마다 수락산이 어두워져 간다
꿈틀거리는 행렬 중 한 사람이 슬쩍 다른 줄로 옮겨 갔을까

나무는 로또에 당첨되면 이 지상에 황금잎을 마구 떨구어
줄 거야
사장처럼 회전의자에 앉아서 떡갈 머리를 빗을 거야

가로수 뒤의 사람, 사람 뒤에 가로수
새들이 비밀의 숫자를 발설하듯 지지배배 울어도 체념과
절망의 티켓을
사려고 또 누군가 맨 끝줄에 선다
—「사소한 황금잎」 전문

로또라는 복권은 가난한 서민이 일확천금을 꿈꾸고 사는 추
첨권인데, 대체로 그것은 일말의 희망과 기대도 없는 일상을
영위하는 서민들이 행운에 기대어 보는 탈출구라고 할 수 있

다. 그래서 복권을 다루는 시적 관습은 그러한 가난한 서민들의 삶의 비참함과 해방의 간절한 마음에 초점이 맞추어지기 마련이다. 물론 이 시에서도 "체념과 절망의 티켓을 사려고 또 누군가 맨 끝줄에 선다"는 구절에서 그러한 경향의 시적 관점이 보이기는 한다. 하지만 이 시에서 복권은 그러한 사회학적 관심보다는 행운과 운명의 신비로움에 초점이 맞추어져 있는데, "아라비안나이트의 요술 램프"라든가 "황금잎" 등의 이미지들이 그러한 시적 관점을 대변해주고 있다.

그러니까 시인은 복권을 사는 사람들을 통해서 인생에 갑자기 찾아드는 행운이라는 신비와 경이에 대한 갈망을 찾으려 한다고 할 수 있다. 다양한 시적 장치들이 그러한 시적 의도를 실현하고 있는데, "사람 뒤에 바람, 바람 앞에 사람"이라는 표현은 확신을 할 수 없는 행운을 기대하는 사람들의 뒤숭숭한 심리와 붐비는 듯한 초조하고 설레는 심정을 암시해준다. "어린 날 새끼줄 기차놀이 하는 것 같다"는 표현은 복권을 사는 사람들의 천진난만한 내면, 혹은 게임에 임하는 것 같은 유희적 심리를 함축한다. 특히 "두꺼운 외투 속에 숨어 있는 아라비아 숫자"라든가 "새들이 비밀의 숫자를 발설하듯 지지배배 울어도" 등의 표현들은 행운의 숫자가 지닌 복권의 비밀스럽고 신비로운 성격과 함께 그것이 현대인의 삶에 작용하는 경이를 응축해서 표현해주고 있다. "나무는 로또에 당첨되면 이 지상에 황금잎을 마구 떨구어 줄 거야"라는 대목은 손이 닿는 것마다 모두 황금으로 변했다는 저 그리스 신화의 '미다스의 손(Midas touch)'을 연상시키면서 독자들을 신화의 세계로 안내한다. 시인은 복권을 사는 현대인의 심리와 그것의 효과를 음미하면서 확률과 운명이 작동하는 삶의 영역의 신비와 경이를 강조하고 있는 것이다. 로버트 프로스트의 「가지 않은 길(The Road not taken)」을 연상시키는 다음 작품 역시 생의 신비로 가득 차 있다.

　　붉은 소나기를 따라갔다
　　뭉쳐진 구름이 흘러내리고 빗방울 세차게 앞을 가린다

　　세상의 모든 길은 희거나 검어서 낯설지 않으면 권태롭다고
　　세찬 비바람이 나를 밀어줄지라도

　　하나의 길은 버려야 할 때, 갈림길에서 풀려나야 할 때
　　직선이거나 둥글게 내 속으로 빠져나간 뒷길은 빗물에 잠겨서 멀어져 갔다

　　저 비탈 어딘가 태풍의 회오리가 앞을 가로막아도
　　흰 꽃 무더기 눈부시게 멀어져 가도 나는 이쪽 길을 갔다
　　버릴 수 없는 내 생각의 빗줄기

　　가지 않은 길에는 구름이 걷히고 상수리가 푸른 물방울 털어 낼 무렵
　　내가 나로부터 잠시 이탈했을까

132

저 검은 먹장구름 하늘 끝 맑은 공터 한 뼘 청백색으로 여
울지고 있다

　　굵은 소나기가 따라 왔다

　　　　　　　　　　　　　　　—「소나기를 따라갔다」 전문

　　이 시에서도 시적 관심사는 역시 '길 위의 삶'이다. 인생이란
선택의 연속이어서 인생의 행로를 결정할 길을 선택해야 한다
는 것, 그래서 "하나의 길은 버려야 할 때, 갈림길에서 풀려나
야 할 때"가 온다는 것, 그런데 그러한 불가피한 선택은 운명을
결정하고, 선택하지 않고 버려진 길은 없어지는 것이 아니라
운명의 길에 남아서 여전히 서성거리며 신비한 영역으로 채색
된다는 것 등의 시적 메시지가 이어지고 있다. 시적 화자가 "붉
은 소나기"의 길을 선택한 것은 그 길이 낯선 길이고, 따라서
시적 화자를 자극하고 끌어당겼기 때문이다. "세상의 모든 길
은 희거나 검어서 낯설지 않으면 권태롭다"라는 구절이 그러
한 선택의 과정과 심리를 대변해주고 있다.

　　그런데 선택한 길은 어떤가? "뭉쳐진 구름이 흘러내리고 빗
방울 세차게 앞을 가린다"라는 표현이나 "세찬 비바람이 나를
밀어줄지라도", 그리고 "저 비탈 어딘가 태풍의 회오리가 앞을
가로막아도"라는 구절들이 선택한 길 위의 삶이 험난하고 신산
한 과정이었음을 암시하고 있다. 반면에 "가지 않은 길에는 구
름이 걷히고 상수리가 푸른 물방울 털어 낼 무렵"이라는 표현

에서 추론할 수 있듯이 선택하지 않는 길은 맑고 청명한 날씨가 그것의 상황을 시사해주고 있다. 그러니까 먹장구름 속에서 빗방울과 회오리바람이 몰아치는 소나기의 길과 달리 선택하지 않는 길은 "상수리가 푸른 물방울을 털어" 내고 있는 청초한 세계가 펼쳐지고 있는 셈이다.

물론 시적 화자가 소나기의 길을 선택한 것은 "버릴 수 없는 내 생각의 빗줄기", 즉 "세상의 모든 길은 희거나 검어서 낯설지 않으면 권태롭다"는 자신의 인생관 때문이었다. 즉 희거나 검은 무채색의 권태로운 삶보다는 위험하고 신산한 것일지라도 탈주와 생동감이 넘치는 신비로운 삶을 탐구하고 싶은 욕망 때문인 것이다. 그러한 삶의 신비와 경이는 "흰 꽃 무더기 눈부시게 멀어져 가도"라는 대목에 짧게 암시되고 있지만, 더욱 중요한 것은 "가지 않은 길"이 여전히 선택한 길을 따라오면서 그 신비로움을 역설하고 있다는 점이다. 그러니까 인생이란 선택한 길이 아니라 선택하지 않은 길로 인해서 더욱 오묘하고 신비로운 것이 될 수도 있을 것이라는 전언을 숨겨 놓고 있는 것이다. 삶의 신비로움은 종교적 영역에서 더욱 빛을 발할 것인데, 다음 작품이 그것을 잘 보여준다.

휘날리는 영혼을 보았다
팔도 없이 파도 바람에 쏠리는 그림자, 온몸에 휘감겨 있는
색색의 내장들이 그것이라면

누가 저 세르게 가슴이 없다고 말할 수 있는가
생각이 없다 하겠는가

내가 그 옆에 기대선다 교대하고 싶은 혼이여, 없는 혼이여
저처럼 있으면서 없어져 보라

누더기를 걸치고 없는 팔로 추는 춤
겹겹이 묶여 있던 나의 카르마여 둥둥 검은 심장이여

비로소 껍데기를 풀고 연기처럼 사라진다면 누가 내 앞에
와서 두 손을 모을지도,

빈 가슴으로 살아있는 세르게
새알처럼 뜨끈하고, 팔딱거리는 오색의 내장들은 누구의
것인가

주인에게 되돌려 줄 것인가
우르르 숨어서 울던 새떼들을 푸른 하늘로 날려 보낼 듯 춤
을 춘다

　　　　　　　　　　　　　　　　—「세르게」 전문

　오색의 천으로 휘감겨 있는 세르게는 몽골지역의 샤먼 장승
으로서 우리의 옛 서낭당 주변에 신성시되는 나무인 신목(神

木)이나 장승과 같은 것이라 할 수 있다. 즉 그것은 샤먼의 신들이 깃드는 곳으로서 신성한 영역을 상징하는 표지이기도 하다. 이 시에서 그것은 "휘날리는 영혼", 혹은 "색색의 내장"으로 해석되는데, 인간의 꿈과 소망을 간직하고 있기 때문에 이러한 해석이 가능할 것이다. 그러니까 오색의 천을 온몸에 두르고 있는 세르게는 어떤 영혼의 대리 표상물이기도 하고, 어떤 육신의 절절한 내면을 표상하는 상징물이기도 한 것이다. 그래서 시적 화자는 그러한 세르게를 보면서 "누가 저 세르게 가슴이 없다고 말할 수 있는가/ 생각이 없다 하겠는가"라고 하면서 그것을 인격화할 수 있는 것인지도 모른다.

또한 시적 화자에게 그것은 "겹겹이 묶여 있던 나의 카르마여 둥둥 검은 심장이여"라는 대목에서 추론할 수 있듯이 자신의 업(業,karma)으로 해석되기도 하는데, 업이란 미래의 선악을 결정하는 몸과 입과 마음으로 짓는 선악의 행적을 말한다. 그러니까 세르게는 자신의 몸과 말과 마음의 행적을 동여매고 있는 것으로서 미래의 선악을 결정하는 원인으로 작동하는 것이다. 시인이 세르게에 대해서 "새알처럼 뜨끈하고, 팔딱거리는 오색의 내장들"이라는 은유로 표현할 수 있는 것은 바로 미래의 가능성과 잠재성을 거기에서 발견했기 때문이다. 아마도 푸른 하늘로 날려 보낼 듯한 "새떼들"은 그러한 업보가 실현되는 과정에 대한 암시일 수도 있다.

그런데 시적 화자는 "내가 그 옆에 기대선다 교대하고 싶은 혼이여, 없는 혼이여"라고 하면서 자신이 하나의 세르게가 되고 싶은 열망을 표출하기도 하고, "저처럼 있으면서 없어져 보라"라고 하면서 그것을 통해 도달하고자 하는 목표를 암시하기도 한다. 시적 화자가 이처럼 세르게를 보면서 '있으면서 없는 혼'이라는 역설을 발견할 수 있는 것은 그것이 "팔도 없이 파도 바람에 쏠리는 그림자"로서 "빈 가슴으로 살아있는 세르게"이기 때문이다. 즉 세르게는 어떠한 형상도 없는 바람 같은 것, 혹은 그림자 같은 것이면서 하나의 "껍데기"로 존재하기 때문이다. 그러니까 세르게는 살아 있는 사람의 소망과 꿈을 간직하고 있기에 없는 것이라고 할 수 없지만, 또한 바람에 몸을 맡기고 "누더기 걸치고 없는 팔로 추는 춤"이자 "껍데기"라는 점에서 없는 혼이기도 한 셈이다.

시적 화자가 세르게를 보면서 "저처럼 있으면서 없어져 보라"라고 하는 말은 사실 자신의 시적 지향이기도 하다. "비로소 껍데기를 풀고 연기처럼 사라진다면 누가 내 앞에 와서 두 손을 모을지도"라는 구절이 그것을 설명해주는데, 시적 화자에게 세르게는 업으로부터의 해방을 꿈꾸게 하는 기제로 작동하고 있는 것이다. 불교에서 말하는 업이란 전쟁과 현생, 그리고 내생을 연결하는 인과의 연쇄 고리로서 하나의 감옥이라고 할 수 있다. 시적 화자는 세르게를 보면서 그러한 인과의 감옥에서 벗어날 수 있는 가능성을 타진하고 있는 것이다. "저처럼 있으면서 없어져 보라"라는 역설적인 목표는 "수몰 댐은 귀기 서린 추억을 밀봉하며 조용히 깊어갔다"(「수몰 댐에 바치는 꽃술」)에서 볼 수 있는 귀기 서린 신비라든가 "사랑의 내력을 모르시나

137

요 사랑의 법력이 얼마나 신통한지 아시나요"(「사랑의 내력」)에서 볼 수 있는 신통한 사랑의 법력과 같은 맥락의 시적 지향이라고 할 수 있다. 모두가 논리로 설명할 수 없는 삶의 신비와 비의를 내포하고 있으면서 존재의 비약과 갱신의 효과를 함축하고 있다.

4. 그윽한 생의 비의를 위한 한 걸음

조금 더 논의해 보고 싶은 작품들이 많지만, 지면이 한계를 초과하고 있어서 이만 접을 수밖에 없다. 그만큼 이 시집은 매력적인 작품들로 넘쳐나는데, 「그늘 한 자락의 앵두」라든가 「초원의 빛2」, 「나비 시인」, 「황지黃地」, 「서로의 신을 부를 때」 등의 작품들이 우리의 주제와 관련해서 관심의 대상이 된다. 이와 같이 묵직한 사유에 기반을 두고 자연과 삶의 이면에 깃든 이치와 신비를 찾아 음미하고 사색하는 시인의 개성적인 시편들이 이 시집을 매우 인상적인 시집으로 만들고 있다. 상투적이고 상식적인 경향에서 멀리 벗어나 있는 시인의 시세계는 때로는 주술적이고 신화적인가 하면, 때로는 종교적이고 철학적인 면모를 띠기도 한다. 또한 어떤 때는 고고학적인 색채를 띠기도 하고 연금술적인 상상력을 보이기도 하면서 종횡무진 환상과 이미지 사이를 횡단하기도 한다. 그래서 시상이 명료하지 않고 조금 흐릿하게 전달되기도 한다.

주목되는 점은 시집의 곳곳에서 고개를 내밀고 있는 불교적 상상력인데, 철학적인 사유와 함께 종교적인 사유는 시인의 시를 좀 더 명증하고 그윽한 이미지의 세계로 안내하지 않을까 생각해 본다. 「서로의 신을 부를 때」라는 작품도 그렇지만, 「자작나무 스님」이라든가 「적멸 속으로」, 「사랑의 내력」 등의 작품에서 이미 그 불교적 상상력의 시적 효과를 입증해 보이고 있기도 하다. 하지만 무엇보다 "길 위에서의 질문"이라는 삶의 형식을 견지하는 것이 주요한 과제가 될 것이다. 그것은 새로운 경험과 자아의 갱신을 위해서 언제나 깨어 있는 정신을 필요로 하기 때문이다.

스쳐 지나온 허공의 언어가 날개를 통해 날아가고 나면
새들의 가슴팍은 조금 더 가벼워질까
햇살이 내려서 어떻게 공기와 섞이는지
갈퀴로 더듬어서 그 파동을 알아차릴 수 있겠지
어두워지면 멀리 떠났거나 아픈 생명의 근원이 더 생각나는 법
또 불가해한 것을 꿈꾸는 것
모든 미숙함을 용서하는 기운이 다시 살아나듯이
스르르 풀벌레 울음이 멀리까지 퍼져나간다